集英社オレンジ文庫

ようこそ伊勢やなぎみち商店街へ

瓦版とあおさのみそ汁

秋杜フユ

本書は書き下ろしです。

もくじ

登場人物紹介

高《たか》遠《とお》健《けん》一《いち》

柳道商店街の駐車場係員。半年前まで東京で働いていたが、とある事件が原因で体を壊して倒れてしまい、地元・伊勢に戻ってきた。

篠《しの》山《やま》晴《はる》人《と》

健一の幼馴染。スタイルが良く美形。花屋を営む傍ら、柳道商店街が発行しているフリーペーパーの編集長も務める。

篠《しの》山《やま》充《みつ》美《み》

晴人の妹で凛とした和風美人。明るい性格で、花屋の看板娘的存在。いつも商店街内を花を配達して回っている。趣味は格闘技。

岡島《おかじま》

健一の同僚。気さくで大雑把な性格。商店街に構えた店を子供に任せて引退したが、半ば趣味のような感じで駐車場係員のバイトをしている。

高遠花江《たかとおはなえ》

健一を女手ひとつで育て上げた母。商店街で『カフェレスト岬』を営む。定食などの家庭料理も提供されており、地元の人々の憩いの場。

松尾三國《まつおみくに》

『カフェレスト岬』で住み込みで働く女性。年のころは健一と同じくらい。とある事情で伊勢の外からやってきたようだが…。

イラスト／彩田花道

ようこそ伊勢やなぎみち商店街へ
瓦版とあおさのみそ汁

第一話

瓦版とあおさのみそ汁

はるか昔から天照大御神《あまてらすおおみかみ》を祀《まつ》る町、伊勢《いせ》市。

町の中心部、伊勢神宮外宮《げくう》のほど近くに、県道と平行に並んで長く伸びるアーケード商店街——柳道《やなぎみち》商店街があった。

幅六メートルほどの道を挟んでいくつもの商店が並ぶその商店街は、半透明のアーチ形の屋根がかかっているおかげで、天候に左右されずに買い物ができる。全長約一キロにも及ぶ長い商店街ゆえに、出入り口は商店街の始点と終点だけではなく、大体百メートルごとに設けた十字路から、それぞれ県道と飲み屋が並ぶ桜花《おうか》通りと呼ばれる細道へ出られるようになっていた。

駅近くの立地でありながら、柳道商店街には駐車場がある。商店街の利用客や観光客だけでなく、近隣小学校の保護者が利用することもある駐車場は、寄り添うように並ぶ県道と商店街の間。上空から見たならば、商店街、県道の歩道、駐車場、片側二車線の県道という配置で存在していた。

その駐車場へ、いままさに県道から一台の車が入ってきた。歩道側に設置された車止めに向かって頭を突っこむ形で、一列の横並びに停めるスタイルの駐車場には、有料駐車場と書かれた看板が等間隔に設置してある。にもかかわらず、料金所もなければ無断駐車を予防する車止めもない。車から降りた利用客——観光客と思われる女性ふたりは、どうすれば良いのかと顔を見合わせていた。

その背後へ忍び寄る、一台の自転車。

ペダルをこぐたびに響く、キィーコ、キィーコという、なんとも侘《わび》しい気持ちにさせる音に誘われて女性客が振り返れば、蛍光イエローのジャンパーと帽子を身に纏《まと》う男が自転車に乗って近づいてきていた。中肉中背《ちゅうにくちゅうぜい》で、二十代半ばくらいだろうか。これといった特徴のない男だった。むしろ親近感というか、安心感を覚えてしまうほど主張がない。

女性客が乗ってきた車の背後に自転車を停めた男は、片手を挙げて言った。

「どうも、ご利用ありがとうございます」

「は……え？」と戸惑う女性客を無視して自転車を降りた男は、ジャンパーのポケットから取り出したメモ帳に車のナンバーや現在時刻を書き込み、それを彼女らへと差し出した。

「帰りにこの駐車券を渡してください。利用料金は三十分ごとに百円。商店街を利用するとスタンプをもらえますので、それひとつで三十分無料です。では、どうぞごゆっくり」

女性客に紙を渡し、ざっと利用方法を説明すると、男はさっさと自転車にまたがって去っていってしまった。

キィーコ、キィーコと侘しい音と共に離れていく背中を呆然《ぼうぜん》と見つめていた女性客は、ゆっくりと視線を手元の紙へと移す。

さっきの男のジャンパーに似た黄色い紙には、『柳道商店街駐車場利用券』と印刷してあった。

「おつかれ、健《けん》ちゃん。若い子やったけど、運命の出会いとかあった？」

待機場所であるパラソルの下へ戻ってくるなり、初老の男性――同僚の岡島《おかじま》に冷やかされた健ちゃんこと健一《けんいち》は、苦笑とともに「あるわけないでしょ」と答えた。自転車を停めて、岡島の隣のパイプ椅子《いす》に腰掛ける。

五月に入ったばかりとはいえ、初夏の日差しはそれなりに厳しい。パラソルが作る日陰に入り込むと、ほっと息が漏《も》れた。

「健ちゃんはそうやってすぐ無理やって否定するけどな、運命の出会いってのはいつどこで転がっとんのかわからんのやからさ、もっと積極的に動くべきやと思うで」

還暦越えとは思えないアグレッシブな提言を頂いたが、利用客をナンパするのはどうかと思う。いやしかし、このアグレッシブさがあるからこそ、岡島は孫九人に囲まれているのかもしれない。返答に迷った健一は、黙って視線を目の前の県道へと向けた。

健一たちがくつろぐパラソルは、商店街の十字路から伸びる脇道と県道の歩道が交わった、アーケード屋根が途切れるギリギリのところに設置してある、駐車場係員の待機場所だ。ここから商店街に背を、県道に顔を向ける形でパイプ椅子に座り、歩道と車道の間を左右に細く伸びる駐車場を監視する。

車は基本的に商店街内を走行できないため、駐車場の出入り口は県道からのみ。車が入ってきたら、係員は自転車にまたがって追いかけ、駐車券を発行、集金するというのが一連の流れだった。

とはいえ、全長約一キロの商店街と同じ長さを誇る駐車場を、健一と岡島のふたりきりで監視するわけではない。柳道商店街を百メートルごとに区切る十字路が九つあるのだが、そのうち五つ、端から数えて奇数になる十字路から伸びる脇道と歩道が交差する位置に、ふたりずつ係員が待機していた。それぞれの係員は、待機するパラソルから左右の脇道まで、つまり、商店街の端からふたつ目の十字路まで、ふたつ目の十字路から四つ目の十字路までといった、約二百メートルの長さを担当する。

「いやいや健ちゃん、そぉーんな気のない顔しとるけどさぁ、お前さん、もうええ歳《とし》やろが。そろそろ身を固めて花江《はなえ》さんを安心させたらんと」

花江さんとは、健一の母親のことだ。現在進行形で心配させている自覚はあるので、健一は「むぐぅ……」とうめき声をもらした。

健一ももうアラサーと呼ばれる年齢である。将来を見据えてもいい時期なのだが――

「とりあえず、生活を安定させてからかなぁ」

帽子を脱いで、髪を軽くかきまぜながらぼやいた。

駐車場の係員という仕事は、若かりし頃に柳道商店街を支えた大先輩たちが担《にな》っている。

いわゆる、現役《げんえき》引退後の第二の人生。スローライフの一環だった。

過酷な屋外労働なのでそれなりの時給は発生しているが、一時的に雇ってもらっているという不安定な立場だ。半年くらい前まで東京でバリバリ働いていたから、貯金はそれなりにあるけれども、将来の不安はつきまとう。

そんな地に足のついていない男に振り向いてくれる女性がいるだろうか。まずいないだろう。

岡島も健一の言わんとすることを察したのか、「違いない」と大仰《おおぎょう》にうなずいた。

「まぁでもさ、せっかく地元へ戻ってきたんやから、もういっそのこと花江さんのお店継いだったらええやん。花江さん、喜ぶんとちゃうか？」

健一の母は柳道商店街で喫茶店《きっさてん》を営《いとな》んでいた。近隣住民の憩《いこ》いの場としてそれなりに繁《はん》盛《じょう》しており、岡島も常連客のひとりだった。

「俺としてはな、健ちゃんが店を継ぐんが一番ええと思うんさ。そうすりゃ俺たちの憩いの場が向こう三十年安泰や」

真面目《まじめ》な顔で親指を立てる岡島に、健一は「それってただ店が大事なだけでしょ」と肩を落とした。赤ちゃんの頃から知られている相手だけに、親身に考えてくれているのかと思えばこれだ。

「残念ながら、俺が店を継ぐ予定はありません。母さんも必要ないって言ってますし」

「そんなつれやんこと言うなやぁ！　あ、そうや。いまの健ちゃんにぴったりな本があるで」

そう言って、岡島はジャケットの中に手を突っ込んだ。どうやら内ポケットからなにかを取り出したらしい手には、一冊の文庫本が握られていた。

ほんのり暖かい文庫本を差し出されるまま受け取った健一は、表題に目を向ける。

「『弥助《やすけ》の皿《さら》』？」

「寿司屋の息子がな、板前の父親と大ゲンカして家出してな、いろんな職を転々としながら最終的に寿司屋の板前になって父親の店へ帰るっちゅう話。健ちゃんのいまの状況にちょっと似とる気せえへん？」

「清々しいくらいのネタバレっすね」

裏表紙のあらすじには、高校を中退した主人公が、父とのケンカの末、実家を出て職を探し始めるところまでしか書いていない。反発していた父と同じ職について実家に帰るなんて、どう考えてもクライマックスの一番盛り上がるところだろう。

じとっと睨《にら》む健一へ、岡島は「だーいじょうぶやって」と手を振った。

「たしかにネタバレやけど、一番大事なシーンは話しとらんよ」

しわの目立つ顔をさらにしわだらけにして笑う岡島をなおも見つめる健一。見つめ合うふたりの視線の端を、車が横切っていった。

「あっ、やば……」と慌てて振り向く健一とは対照的に、岡島は「健ちゃん、頼んだ」と両手を挙げた。

次は岡島が動く順番だったのに――と思いはしたが、急いで追いかけないと間に合いそうにないこの状況は、身軽な自分が行くべきだろう。健一は手に持つ文庫本を自転車の前カゴに放り込み、全速力で車を追いかけた。

今日の健一の担当区域は、駅に一番近い区域だった。片側二車線の県道には中央分離帯が敷いてあるため、基本的に出入りできるのは駐車場と接する車線からのみとなるのだが、商店街と寄り添う約一キロほどの区間に、信号が数か所設置されているおかげで、対向車線と駐車場の行き来が可能になっていた。

今回、駐車場へ入ってきた車――黒の軽自動車も、信号機付きの交差点から入ってきていた。向かった先は駅にほどちかい位置で、駐車場の中でも奥まった場所に停車してくれたおかげで、健一はなんとか追いつくことに成功した。車のすぐ後ろに自転車を停めると、上着のポケットから駐車券の束を取り出す。

駅に近い場所に停めたということはこれから電車に乗るのだろうか。三重県ナンバーなので県外からの旅行客ではないようだが、三重県はそれなりの広さがあるので県内からの旅行客も珍しくない。ランチタイムだし、お昼を食べにきた地元客の可能性もある。

健一が取り留めのないことを考えながらナンバーを書き込んでいると、運転席から男が降りてきた。

その男の印象を一言で表すなら、鋭い。まるで刃物のように、下手《へた》に手を出せば怪我《けが》をしてしまいそうな、そんな鋭く張り詰めた雰囲気《ふんいき》の男だった。

別に危険人物というわけではない。短く刈りそろえた黒髪は清潔感があるし、服装も淡いブルーのワイシャツにチノパンといたって普通だ。年齢は健一よりも少し若いように思う。

ただ、糸が張り詰めているというか、相対して、ピリッとした緊張感が伝わってくるのだ。もしかしたら、目の前の男は緊張しているのかもしれない。

とはいえ、ただの駐車場の係員である健一に彼の事情を聞き出す権利などなく、とりあえず無難に「ご利用ありがとうございます。ランチですか？」と笑いかけた。

「あー……、はい。じつは昔伊勢に住んでまして、久しぶりに帰ってきたので思い出の店でものぞいてみようかなって……」

はにかみながらそう答えた男は、健一から駐車券を受け取ると、両手で握りしめたそれをじっと見つめたまま「……あの」と口を開いた。

「確か、お寿司屋さんありましたよね……この商店街」

男の問いに、健一はすぐには答えず「あー……」と歯切れ悪く声を漏らした。

寿司屋は、あるにはある。伊勢で寿司を食べるならここ！　と地元民に語られるくらいに有名な寿司屋が、柳道商店街にはある。いや、あった。

「お客さんの話す寿司屋って、『笹路《ささみち》』ですよね？　実は、ひと月ほど前に閉店したんです」

「え……」と男は目を丸くした。どうやら、目的の店は笹路で合っていたらしい。わざわざ来てくれたのにと申し訳なく思いつつも、健一は事情を説明した。

「板前の親父《おやじ》さんが倒れましてね。幸いなことに一命は取り留めたんですけど、半身に麻痺《まひ》が残ったみたいで……。退院の目処《めど》もなかなか立たないし、リハビリでどこまで身体《からだ》が動くのかもわからないしで、もう閉めることにしたそうです」

笹路は夫婦ふたりで切り盛りしていた寿司屋だった。健一の母より少し若かったように記憶しているが、そんな彼らが病に倒れたと聞いて、自分の母もそういう年齢になったのだと実感したものだった。けれどもそれがきっかけで健一は、いざという時のためにも外に出て働こうと決心したのだから、世の中なにがどう作用するかわからないものである。

「あの、お節介《せっかい》かもしれませんが、もしお寿司が食べたいのであれば、近くのお店を紹介しますが……」

目を見開いたまま固まってしまった男におずおずと声をかけると、ハッと我に返った彼は「い、いいです！　別に、そこじゃないとダメってわけでもないですし。ほかの店に行きます」と早口で捲《まく》し立てた。

駐車料金について説明を受けた男は、駐車券をズボンのポケットに突っ込んで健一に背を向け――ようとして、自転車の前カゴに目を留めた。

「……それ、『弥助の皿』ですか？」

そうつぶやいた男の視線の先には、さきほど岡島に押し付けられた文庫本があった。

「あ、はい。さっき同僚に薦《すす》められて――」

「それ、全然面白くないっすよ」

健一の言葉に被《かぶ》せるように、男が語気強く言い切った。唐突《とうとつ》な否定の言葉に、今度は健一が目を丸くする番だった。

「父親が死んで和解できないままなんて……救いがないにもほどがあるだろっ。胸糞《むなくそ》悪い……時間の無駄だよっ、無駄！　やめとけ！」

まるで吐き捨てるようにそう言い切ると、男は健一の応えなど必要としていなかったのか、今度こそ背を向けて商店街へと歩いていった。

「いや、だから、ネタバレ……」

こぼしたつぶやきは、誰にも届くことなく風に吹き流された。

「あっはっはっはっ！　そりゃ災難やったな、健一」

　事務机がいくつも並ぶ狭苦しい部屋に、男の笑い声が響く。健一の隣の事務机で書類片手に腹を抱えて笑うこの男は、篠山晴人《しのやまはると》。健一と同い年の幼なじみだ。健一よりも頭半分ほど高い長身で、すらっと長い手足に小さい顔はまるでモデルのよう。兄妹で生花店を営んでいるが、本当は花が目的ではないだろう常連さんたちが幾人も通い詰めていた。

　現在健一がいるのは、柳道商店街の事務所だ。遅番の係員と交代で仕事を終えるなり、家ではなくここへ来ていた。他ならぬ、晴人に呼び出されたからだ。

　柳道商店街では、商店街活性化のためにさまざまな取り組みを行っており、活動のひとつとして、フリーペーパーを毎月発行していた。

　十ページと満たない薄さながら、新店舗《てんぽ》や新商品の紹介、季節ごとのイベント告知、空《あ》き店舗情報と新規出店の際に活用できる補助金の案内など、多種多様な情報が載っている。晴人はそのフリーペーパーの責任者――いわゆる編集長だった。

　細かい情報が売りのフリーペーパーだが、情報量が多ければ作業量も増えるのは必然だった。その莫大《ばくだい》な作業の手伝いをするため、健一は駆り出されたのだ。

　ここは商店街の事務所であるから、当然事務員がいる。だが、彼らはあくまで裏方だ。フリーペーパーに必要な情報を集めるくらいはしてくれても、実務は組員である晴人たちが行うべきことだった。

各コーナーの担当者があげてきた記事を、晴人の指示に従いながら紙面にレイアウトしていく。その様子を横から観察しながら、晴人は「なぁ知っとるか？」と口を開いた。

「『弥助の皿』ってさ、映画化されとるやろ。実は、映画と小説で結末が違うんやよ。映画では、父親は死んどらへん。板前になって戻ってきた主人公が、父親と無事に再会を果たし、和解して店を継ぐんや。正真正銘《しょうしんしょうめい》のハッピーエンド。だぁれも不幸になってへん」

「お前もネタバレかよ！　少しは気を遣えよ！」

小説だけでなく映画の結末までネタバレされ、健一は思わず声を荒らげた。多少のネタバレは気にしない派だが、岡島といい、晴人といい、あまりにも軽くないだろうか。もう少しもったいぶってほしい。憤慨《ふんがい》する健一へ、晴人は「お前やで、ええやん」と悪びれる様子もなかった。

「『弥助の皿』を撮った監督曰《いわ》く、小説の結末は救いがなさすぎるんやと。物語の世界くらい、優しい夢のある終わりにしてもええやんか、て思ったんやって」

ぼんやりと天井へと視線をのぼらせながらどこか上の空に語った晴人は、「でもさ」と声のトーンを下げて健一を見つめた。

「あの救いようのない結末やからこそ、同じ境遇におる人たちの胸にずしんと響くんやないかって、俺は思うんやけどなぁ」

「……そういうものか？」

「実際お前だってそうやったやろ。笹路の親父さんが倒れたって聞いて、自分の親もいつそうなるんかわからんって危機感を持ったんやからさ」

晴人の指摘に、健一は反論の余地すらなかった。まったくもっておっしゃる通りだったからだ。

「物語の良さっていうんはな、俺は追体験やと思うんよ。ハッピーエンドで幸せになれるし、辛《つら》い結末も自らを振り返るきっかけになる。必ずしもハッピーエンドでなくてええんよ」

「ハッピーエンドでなくてもいい……かぁ。俺はそもそも、他人が読んでいるものに対して意見してきたことに驚きだけどな」

親しい友人ならまだしも、初対面の健一に対してあんなことを言い捨てるだなんて、どう考えても余計なお世話である。よっぽど腹立たしい結末だったのだろうか。

「まぁ、ハッピーエンド至上主義の人間って一定数おるしな。最後まできちんと読んだからこそ出てきた文句なんやろうし、はいはいって聞き流しとけばええんよ。それよりさ、健一にちょっと頼みたいことがあんのやけど」

「なんだよ。入力作業以外に手伝ってほしいことがあるのか？」

キーボードを叩く手を止めて隣の晴人へと振り向いてみれば、彼は先ほどとは打って変わり真面目《まじめ》な顔でこちらを見つめていた。

ただならぬ空気を察し、健一は事務椅子《いす》を回転させて晴人ときちんと向き合った。

よほど言い出しにくいのか、晴人は一度視線を落として「うん……」と腕を組んだ。ひとつ息を吐き、両手を膝にのせて「あんな」と顔をあげる。

「瓦版《かわらばん》に、コラム載せよかと思って。健一……書いてみいひん？」

「コラム？」

瓦版とは、健一がいまレイアウトしているフリーペーパーのことだ。『柳道商店街瓦版』と銘打って発行していた。

「そんなに堅く考えへんでええよ。素人《しろうと》が作っとる情報誌やから。商店街独自の人の繋《つな》がりとか、昨今の移り変わりとか、昔から変わらへんものとか……そういう、商売やなくて、商店街の生活感みたいなんが伝わる記事を載せたいんよ」

「生活感……」

なるほどたしかに、新商品や新店舗といった商売に繋がる記事はあれど、商店街で暮らす人々に関する記事はなかった。

うまくいけば、商店街そのものに愛着を持ってもらえるかもしれない。とてもいい考えだと思う。思うけれども……はたして自分に書けるだろうか。

不安が顔に出ていたのだろう。晴人が「いや、無理にとちゃうから」と片手を軽く突き出した。

「少し、考えてみてくれへん？　無理やったら、断ってくれてもいいから。でも……ちょっとでも前向きに考えれたら、やってみてほしいんさ」

健一に無理はさせたくない。でも、前に踏み出すきっかけをつかんでほしい。

晴人のさりげない優しさを感じて、健一の心に感謝の気持ちが込みあげる。

東京の自分の家で倒れてしまった健一を発見し、病院に連れていってくれたのも晴人だった。それだけじゃない。健一の入院を母や取引先に連絡したり、退院後の健一をわざわざ車で迎えに来て、長期帰省《きせい》ができるようたくさんの荷物と一緒に運んでくれたのも晴人だった。

「……俺、晴人に足向けて寝られないかも」

「気にせんでええって。一緒に育ってきた仲やんか。それに、駐車場の係員や編集の仕事を手伝ってくれとるからお互い様やって」

その係員の仕事だって、本当は健一の社会復帰のためのお膳立《ぜんだ》てだと気づいている。

晴人だけじゃない。たくさんの人が自分を慮《おもんぱか》ってくれたからこそ、いまがある。なんて自分は恵まれているのだろう。この恩を返すためにも、まずは晴人の申し出を受けるべきだ。

そう思うのに、健一にはすぐに返事ができなかった。

結局決断できないままに、健一は作業を終えて事務所を後にした。

柳道商店街の中央あたりには、特設ブースが建てられるくらいの四角い広場がある。商店街から県道まで家が二軒建つくらいの幅があるため、基本的に商店街内の店舗の裏には県道側に表を向けた家やビルが立ち並んでいた。しかし、広場の部分だけは、広いスペースを確保するために商店街側の建物がなく、代わりに、県道に面する建物が商店街側に表を向ける形で建っている。そういった建物は、たいてい県道側に自宅の玄関を作っていた。

柳道商店街の事務所がある雑居ビルは、その中央広場に面している。雑居ビルから出た健一は、そのまま広場へと歩き出した。

中央広場の中心を横切るように、商店街の外へと通じる脇道が通っているのだが、脇道を挟んで対角線の位置に、一軒の喫茶店《きっさてん》があった。白地の壁に茶色のレンガで窓や扉を装飾した、昭和レトロな雰囲気《ふんいき》のその喫茶店は、健一の母が営《いとな》む店『カフェレスト岬《みさき》』だ。

三階建てのこのビルは店舗兼住宅でありながら、住宅用の玄関というものがない。昔から、帰宅した健一は店の入り口から入り、店内を突っ切って家に入らなければならなかった。両親としては、ずっと店につきっきりのため、せめて息子の帰宅くらい把握《はあく》したい、という親心だったのだろう。が、健一からすれば、家に帰るだけなのに不特定多数の中を通らなければならないことを、おっくうに感じたものだった。

思春期《ししゅんき》のいら立ちに思いをはせながら、格子《こうし》にガラスがはまった木製のドアを押し開けば、カランコロンと頭上のドアベルが鳴った。

「いらっしゃいま――なんや、健一か。おかえりなさい。お仕事お疲れ様」

店内奥、カウンター内のキッチンに立つ母――花江が、健一の顔を見るなり柔らかく微笑《ほほえ》んだ。

ひとり暮らしが長かったためか、いまだにおかえりと言われるとおもはゆく感じる。なんとなく素直になれなくて、「なんやって、なに」と一言おいてから「ただいま」と答えた。

「お客さんかと思ったんよ。それより、夕飯ここで食べる?」

カウンター奥の壁掛け時計を見てみれば、すでに七時をこえていた。三時に係員の仕事を終えたはずなのに、思いの外《ほか》長く事務所で作業していたらしい。健一は「そうする」とうなずいて、カウンターへと歩き出した。

花江が営むカフェレスト岬は、ダークブラウンの木目と暖色の照明が作り出す、暖かく落ち着いた雰囲気の店だ。入口の扉を挟むように四人掛けのテーブル席が左右に並び、一番奥にはキッチンとカウンター席があった。カウンター席とテーブル席の間には、六人がゆったり過ごせる大きな楕円形《だえんけい》のテーブルが置いてあり、テーブルの中央に生花を飾って向かい合う席の視線を遮《さえぎ》ることで、相席しやすくなっていた。

　健一はカウンターの端、カウンター内のキッチンと客席を区別するスイングドアに一番近い席に腰掛けた。この場所は幼い頃から健一の指定席だった。というのも、カウンター端に設置されたスイングドアを越えてキッチンに入らず、まっすぐ進んだ先にあるのれんがかかった通路に入れば、バックヤードと自宅につながっている。食べ終わったら、食器をカウンター内のキッチンへ運んでそのまま家に帰るというのが昔から変わらない流れだった。


「健ちゃん、いま帰ったんか。遅くまでお疲れさん」

　声に誘われるまま振り返れば、楕円形のテーブル席に岡島が座っていた。

「岡島さん、いらっしゃい。もしかして、仕事終わってからずっといるんですか？　奥さん、お家で待ってるんじゃないんですか」

「むしろ早く帰るほうが母ちゃん嫌がるで。ずっと働いとった人間が、引退した途端なんかするでもなく家におるんやで。向こうやって戸惑うわさ」

　岡島の話を聞きながら、健一は、そういえばテレビで熟年離婚の特集をしていたな、と思い出した。たしか、外で勤めていた夫が定年退職したとたん、やることを見出《みいだ》せずにひたすら奥さんの後をついて回り、結果奥さんが精神的に参ってしまったとかなんとか、そんな内容だった気がする。

「定年退職後に夫婦水入らずの時間を楽しむ――とか、一昔前のＣＭで見たときは素敵だなぁって思ってたんですけどね……」

苦笑いする健一に、岡島は「現実なんてそんなもんや。母ちゃんには母ちゃんの一日の流れってのがあるんやで」と肩をすくめてにやりと笑った。

確かに、お互いの生活リズムってあるよな、と納得した健一は、ふと、自分以外の駐車場の係員は第一線を退いた大先輩ばかりだということに気づく。もしやみんな同じような境遇なのだろうか。

なんとも侘《わび》しい話だが、目の前の岡島には悲壮《ひそう》感などかけらもなくひょうひょうとしている。むしろお互いに縛《しば》られることなく、現状を好きに楽しんでいるようだった。

「まぁでも、そろそろ帰って母ちゃんの夕飯食べよかな」

立ち上がった岡島が「ごちそうさん」と声をかけると、花江が「はぁい」と返事をしながらカウンター端のレジへと移動した。

カフェレスト岬のレジはスイングドアのすぐ横だ。つまり健一の真横で支払いが行われる。支払いの様子を観察するのもどうかと思い、健一は背を向けた。

「コーヒー二杯にチョコレートケーキね。コーヒーはチケット利用で、四百円です」

「あいよー」

「ちょうどお預かりします。いつもありがとうねぇ。たまにはあきちゃん連れておいない。毎日料理作るんも大変なんやから、外食でもして労《いたわ》ったげてな」

あきちゃんとは、岡島の妻のことだ。同じ商店街で商《あきな》いをするもの同士、柳道商店街の人々は顔見知りを通り越して疑似親戚《ぎじしんせき》状態だった。当然、岡島の妻と花江も親しくしている。

花江の苦言を装《よそお》った売り込みを、岡島が「まぁそのうちなー」とあっさり受け流すのを背中越しに聞いていたら、ふと、人の気配がした。

「お待たせしました」

声に反応して健一が顔を上げると、カウンターの向こうにトレイを持った女性が立っていた。

黒髪を柔らかく結い上げ、花江と同じ生成《きな》りのエプロンを着けた彼女は、松尾三國《まつおみくに》。少し垂れ気味の目とふっくらとした唇が印象的な、穏やかな雰囲気の女性だ。カフェレスト岬の従業員で、住み込みで働いてくれていた。

そう、住み込み。つまりは同じ屋根の下で暮らしているのである。健一の実家はごくごく一般的な店舗《てんぽ》兼住宅だ。従業員を住まわせるような宿舎などない。亡くなった父の私室を貸しただけで後は全て共有だった。

身体《からだ》を壊して実家に運び込まれた時、健一は初めて彼女と対面した。空《あ》き部屋に誰を住まわせようと花江の自由ではあるが、息子に一言連絡をくれても良かっただろうに。精神的に参って無気力、無関心だった健一でも、おそらく同年代と思われる女性との同居は、流石《さすが》に気まずさを感じたものだった。お互いに不愉快にならない距離を探らなければならず、おかげでいつまでも腑抜《ふぬ》けてなどいられなかった。ある意味健一の社会復帰を早めたと言えるかもしれない。

三國が持つトレイには湯気のたつ料理が並んでいた。会計に回った花江と入れ替わりに健一の夕飯を用意してくれたのだろう。トレイを受け取った健一は、テーブルに載せていただきますと両手を合わせた。

今日の献立《こんだて》は鰤《ぶり》の照り焼きとほうれん草の白和《しらあ》え、ふろふき大根に味噌汁だった。喫茶店でありながら、カフェレスト岬では家庭料理が提供されている。息子である健一がここの食事で育ってきているので、正真正銘《しょうしんしょうめい》のお袋の味だ。

健一はまず、味噌汁に手を伸ばした。カフェレスト岬の味噌汁は、赤味噌を使っている。今日の具はあおさと豆腐だった。

お椀《わん》を持ち上げると、あおさの香りが食欲を刺激した。あおさの旬《しゅん》は一月から四月の早春で、これを見るたび春がきたなぁと思う。もう五月に入ったから、いま店にある在庫を使ったら来年までお預けとなるだろう。お椀に口をつけて、とろとろとたゆたうあおさごと味噌汁を啜《すす》る。あおさの豊かな香りと控えめな塩気、そして赤味噌のコクが口いっぱいに広がった。

白米で舌をリセットしてから、次は鰤の照り焼きに箸《はし》をつける。照り焼きの名にふさわしい、とろみのあるタレに包まれた鰤は、しっかりと下処理がしてあるために独特の臭《くさ》みなどなく、まずは甘辛《あまから》いタレの味がきて、魚の旨味《うまみ》がじゅわっと口の中を塗り替えていった。

飲み込んだ後も残る鰤の香りと脂《あぶら》の旨味に、これぞ鰤！　という満足感を覚えて、健一は思わずひとつうなずいてしまった。

「あの……」

次はほうれん草の白和えだ、と手を伸ばしたところで声をかけられ、健一は皿から顔を上げた。カウンターの向こうには、変わらず三國が立っている。なにか用だろうかと、健一はほうれん草の白和えを口に放り込みつつ首を傾《かし》げた。

「その、それ……紘來田兼人《いときたかねと》の本ですよね。健一さん、好きなんですか？」

そう言って三國が指をさしたのは、トレイの横に置いてある文庫本。岡島に半ば押し付けられた例の文庫本だった。通勤時間徒歩数分の極近職場のため、健一は鞄《かばん》を持たずに出勤する。そのせいで、せっかくの借り物なのに持ち歩くしかなく、椅子《いす》に腰掛けるなりテーブルに置いていたのだ。

いったん箸を置いて、健一は文庫本を手に取る。作者名を確認してみると、三國の言う通り、『紘來田兼人』と書いてあった。

「俺の趣味じゃなくて、岡島さんに押し付けられたんだよね」

「そうなんですか？　てっきり、花江さんから借りたのかと……。その作家さん、どうやら花江さんのお気に入りの方らしくて。実は店にその方の作品が全部揃ってるんです」

　そう言って三國が指さしたのは、健一の定位置とは反対のカウンター端、トイレへと続く通路の手前に立つ、背の高い本棚《ほんだな》だった。喫茶店《きっさてん》らしく雑誌や漫画が並ぶ中、小説と思われる文庫本がずらっと一段、しかも真ん中の特等席を占拠していた。

　いかに花江がその作家を推しているのかが伝わり、思わず健一は苦笑が漏《も》れた。

「ね、花江さんの愛が伝わってくるでしょう？」

　微笑ましそうに三國は笑ったが、『愛』という言葉がまさに的《まと》を射《い》ていて、健一は食事を再開するふうを装って俯《うつむ》く。花江がじつは、この作家の全作品どころか、初版から重版まですべて揃えていると教えたら、驚きを通り越して引いてしまうのではないだろうか。絶対、口が裂けても言えないなぁ、などと思いつつ、ふろふき大根に箸を通した。

「こんばんは～」

　ドアベルの軽やかな音とともに、明るい声が店内に響いた。ひと口サイズに切り分けた大根をひとつ口に放り込みながら振り返れば、玄関扉に切り花を挿したバケツを抱える女性が立っていた。

「あら、充美《みつみ》ちゃん。配達に来てくれたんやね、ありがとう」

　レジに立つ花江がにこやかに声をかけると、バケツを抱える女性――充美は「こちらこそ、毎度ありがとうございます」と笑い返した。

「おう、充美、お疲れー」

大根を嚥下《えんか》した健一が、カウンターへと歩いてくる充美に向けて手をひらひらと振る。

「健ちゃん、こんばんは。いま夕飯？」

健一のすぐ隣までやってきた充実は、バケツを足下に置くなりカウンターに並ぶ料理を見て、「いいなぁ、おいしそう」とつぶやいた。

「私、夕飯まだなんよね。お兄ちゃんがなかなか戻ってこやへんせいで、配達遅れたんやに」

「あぁ、うん。さっきまで俺も一緒に作業していたから、知ってる」

充美の言うお兄ちゃんとは、晴人のことだ。充美は晴人のひとつ下の妹で、兄に負けず劣らず美しい。背中の中程まであるストレートの長い髪が似合う凜《りん》とした和風美人で、当然のことながら、彼女目当ての客がそこそこの数存在していた。

「そっか、健ちゃんって瓦版の編集手伝っとったな」

そうなずきながら、充美は花江から受け取った花瓶《かびん》をカウンターに置いた。足下のバケツから花を選び取り、手際《てぎわ》よく活《い》けていく。

「そういや、コラムの話聞いた？　健ちゃんに書いてほしいってやつ」

予期せぬ話題にぎくりと身体をこわばらせる健一だったが、彼がなにか言うより早く、花江が「まぁ！」と反応した。

「健一がコラムを書くん？」

「そう。瓦版のワンコーナーなんやけどな。商店街の生活感みたいなんが伝わるもんを入れたいんやって」

「商店街の生活感？　なんかわからへんけど、素敵そうやんか。楽しみやわぁ！」

両手を合わせて目を輝かせる花江に、健一は「いや、まだ引き受けたわけじゃないから……」とおずおずと訂正《ていせい》すると、それを見た充美が「なんで？」と首を傾げた。

「新聞とか雑誌みたいな仰々《ぎょうぎょう》しいもんとちゃうし、素人《しろうと》が作る地元の情報誌なんやで、気楽に引き受ければええやん。健ちゃん、昔っからこういうの得意やったやろ」

「得意なんですか？」

花瓶に花を挿す手は止めないまま繰り出す充美の指摘に反応したのは、いまだ健一の向かいに立つ三國だった。カウンター越しに見つめられた健一は、その視線から逃れるようにうつむいて「いや、べつに……得意というわけでは……」と弱々しく否定した。

「えぇっ、得意やろ。読書感想文とか、頻繁《ひんぱん》に賞をもらっとったやん」

「読書感想文とコラムを一緒にするなよ……」と呆《あき》れる健一に、充美は「あー、まぁ、大分違うなぁ」と頭をかいた。彼女の長い髪がさらりと肩を流れる。

「健ちゃんの書く文章ってさ、なんか……不思議な魅力みたいなもんがあったんさなぁ。

まぁ、私が読んだんはせいぜい読書感想文とか自由研究くらいなんやけど。でもな、こういう機会って、滅多《めった》に巡ってこやへんし、ちょっと冒険してみるつもりで受けたらええんちゃうかな。まぁ無理強《むりじ》いすることやないし、気が向いたら考えてみなよ」

「そうやねぇ。こんなん、滅多にないもんねぇ。無理はようないけど、せっかくやで少し考えてみたらええんとちゃう?」

「私も、健一さんの書く文章を読んでみたいです」

花江に続き、三國にまでそう言われてしまい、健一は喉《のど》の奥でうなる。

「……か、考えてみます」

これ以外に、どう答える術《すべ》があるのか。

あきらめの境地に至った健一は、期待に目を輝かせる花江や三國から目をそらし、黙々と食事を続けることにした。

健一の答えに満足したのか、充美は改めて花瓶へと向きなおり、作業に集中し始める。花江や三國もそれぞれ自分の仕事に戻り、その場には黙って食べ続ける健一と、同じく黙って花を活ける充美だけが残った。

ふたりの間にとくに会話はなく、店の隅に置いてあるテレビの音と、充美が扱う花切りばさみの音が時折響くだけだった。

「ふぅ……、ごちそうさま」

トレイに箸を置いて、健一は両手を合わせた。途中、コラムの話題が出たせいで食欲が著《いちじる》しく減退してしまったものの、なんとか完食することができた。この後は食器を載せたトレイごと流しへ運んでからそのまま部屋に戻り、ゆっくりしよう。

　立ちあがってトレイを持った健一は、岡島から預かった本をテーブルに置きっぱなしだったことに気づいた。文庫本を放り込めるバッグもポケットもないので、トレイを片手に持ち直し、空《あ》いた方の手でそれをつかむ。

「あれ？　健ちゃん、その本持っていくん？」

　花瓶に花を活け終わり、片付けをしていた充美が声をかけた。首を傾げる彼女の視線の先には、健一が持つ文庫本がある。

　この本を持っていくことのいったいなにが不思議なのだろう。活字をまったく読まないと思われているのか。それとも、よほどこの本の内容と健一のイメージがかけ離れているのか。充実の疑問の意味がまったくわからなくて、健一も同じように首を傾げた。

「いや、だって、それお店の本やろ？　勝手に持ってったらお客さんが読めへんくなるやん」

　聞き分けの悪い子供を叱《しか》るような口調で言われた衝撃の内容に、健一は口をあんぐりと開けて固まった。まさか――と思いながらギシギシとぎこちない動きで手の中の文庫本を見てみれば、表紙裏の左下にマジックでこう書かれていた。

『カフェレスト岬』

「岡島さん……！」

うめくようにこぼして、健一は膝から崩れ落ちる。せっかく立ちあがったのに椅子に逆戻りして、そのままテーブルに突っ伏した。

いまの健一にぴったりとかお薦《すす》めとかいろいろ言っていたが、結局のところ返す手間を省《はぶ》きたかっただけだろう。というか、ちゃんと店主に持ち出しの許可を取ったのだろうか、取っていなさそうだ。

いろんな気持ちのこもった長い長いため息をこぼしつつ顔を上げると、充美がなにかまずいことを言っただろうかという顔でこちらを見ていた。ドギマギしている彼女に問題ないとだけ伝えて、健一は文庫本を店の隅の本棚まで持っていく。

同一作家の作品がずらりと一列に並ぶ中、隙間《すきま》がいくつか点在していた。ざっと確認したところ、作品名のあいうえお順で並んでいるらしい。『弥助』の『や』でだいたいの位置を探り、適当な隙間に本をねじ込んでおいた。

「もしかしたら感想を聞かれるかも知れないけど……内容は把握《はあく》してるしなぁ」

それでも細かい部分までは覚えていない。ここは一度花江のコレクションから拝借して読むべきか。

カウンターまで戻った健一は、改めてトレイを両手で持ち、今度こそ洗い場まで運ぶのだった。


『弥助の皿』のあらすじは、岡島と駐車場の客が話した内容と寸分も違わなかった。

頑固一徹《がんこいってつ》な寿司職人の父を持つ主人公の弥助は、高校生のとき父親と大げんかし、家出をする。

地元を飛び出して都会へやってきた弥助は、日雇いの仕事に就《つ》いてなんとかその日暮らしを続けていった。

家を出て数年。それなりに生活の基盤ができた頃、誕生日祝いだと言って職場の先輩が寿司屋へ連れていってくれた。

職人が握った寿司を久しぶりに食べた弥助は、よく食べる安い寿司とはまったく違うその味に衝撃を受ける。別業種とは言え、職人の世界に片足をつっこんだいまだからこそわかる、寿司職人の――父親のすごさ。

弥助はその場で弟子入りを志願し、これまでのいきさつを聞いた店主はそれを受け入れる。

コツコツと修業しつづけて十数年。店主からのれん分けの許可をもらった弥助は、けじめとして、父親に会う決意をする。

あれほど嫌ってバカにしていた寿司職人になったと知ったら、父親は喜んでくれるだろうか。無事、仲直りできたなら、自分が握った寿司を食べてほしい。そして、同じ世界の先達《せんだつ》として、意見を聞かせてもらえたなら――そんな弥助のささやかな願いは、しかし、叶うことはなかった。

実家で弥助を待っていたのは、死んだ父親の遺影だった。癌《がん》を患《わずら》い、長い闘病生活の末、半年前に息を引き取ったという。

父親の死に目に立ち会えなかった弥助を母は責めることなく、それどころか寿司職人となったことを喜び、父の仏壇《ぶつだん》へ涙ながらに報告していた。

すすり泣くその、丸く小さい背中を見て、時の流れを痛いほど実感した弥助は、むせび泣きながら父と母に謝罪をくり返したのだった。

その後、弥助はのれん分けではなく、父の店を継ぐことを決める。父が守り続けたこの店を続けていくこと。それこそが、死んだ父への親孝行になる。そう思った弥助は、母の協力の下、父の味の再現を目指すのだった。

「……寿司、食べたい」

「寿司？　あぁ、『弥助の皿』を読んだんか」

書類のプリントアウトをしながら、唐突《とうとつ》につぶやいた健一の独り言に、斜め後ろの席でパソコン作業をしていた晴人が反応した。

なんの脈絡もなくつぶやいたというのに、きちんと含まれる意味やいきさつを察してしまうあたり、さすが幼なじみと言うべきか。決して、健一が単純なわけではない。きっとない。

「岡島さんにさぁ、いまの俺にぴったりだって薦められたんだけど……」

「親が店を営《いとな》んどる——くらいしか共通点ないな。店を継げなんて言われとらんのやろ」

モニターから視線をそらさず答えた晴人に、健一は「それな」と書類を持つ手の人差し指を立てた。

自分たちが始めた店だから、きちんと自分たちの手で始末をつける——健一が将来について薄ぼんやりと考え出す中学生くらいから両親に言われ続けていたことだ。高校三年の終わりに父が亡くなったときも花江の気持ちは変わらず、母をひとり残して進学先である東京へ行っていいものか悩む健一の背中を、力強く押すほどだった。晴人と充美が自分の代わりに花江の様子を見ると約束してくれた、というのも大きな要因だったけれども。

「結局寿司が食べたくなっただけだったわ。あ～あ、笹路がまだやってたらなぁ。親父《おやじ》さんが作ったアナゴの押し寿司が食べたい」

甘辛《あまから》く煮つけたアナゴとほんのり甘い酢飯が織りなす、コクがあるのにさっぱりとした絶妙なハーモニーを思い出し、口寂しさでつばをのんだ。

「その後の経過はどうとか、お前花江さんから聞いとらへんの？」

「術後の経過は順調だけど、退院がいつになるとかまったく見通しは立っていないってことくらいしか聞いてないかな。宏美《ひろみ》おばさんはいつも面会時間ぎりぎりまで病室にいるから、母さんも会えてないんだ」

宏美とは、笹路の店主である勘助《かんすけ》の妻だ。花江とは同世代で、商店街の仲間ということもありとても仲がいい。勘助が病院に運び込まれて以来、宏美はほとんどの時間を病室で過ごしているという。

「一時は危なかったって聞いているし、心配なのはわかるけど、たまには息抜きしないと、って母さんがこぼしてたな」

「確かに。宏美さんまで倒れたら大変なことんなるな」

晴人の言葉にうなずきながら、健一はふとあることに気づく。

「そういえば……宏美おばさんのところって、子供いたよな？　たしか、俺たちより六つくらい下の男の子……だったか？」

商店街の子供はみんな兄妹みたいに育つ、とはいえさすがに六つも離れると交流がない。健一がおぼろげに覚えているのは、せいぜい、宏美の子どもが小学校低学年くらいの頃までだ。

勘助の付き添いをいっときだけでも変わってもらえたなら。そうでなくても、ただ傍にいてくれるだけでもきっと宏美にとって心強いことだろう。

そう思って息子を話題に出したのだが、対する晴人の顔はそれはもう渋いものだった。

「あー……、勘太《かんた》な。それ宏美さんらの前では禁句な」

「は？　禁句？」と目を丸くする健一へ、晴人は頭をがりがりとかきむしりながら言った。

「あいつ、家出したんやよ。高校生んときに」

「家出!?　しかも高校生って……警察沙汰《ざた》じゃねぇか」

「そう思うやろ？　親父さんと大げんかして出てったから、警察に捜索願は出さへんかったんやって。んで、それから五年間行方《ゆくえ》不明」

「まっじかよ……。それって、まんま『弥助の皿』じゃん」

「そうやよな。俺もそう思った。父親が倒れたのに、勘太はいまごろどこでなにをしとるんやろな」

『弥助の皿』では、主人公の弥助は父親と和解できないまま死別となった。できることなら、勘太はそんなことにならないでほしい。

なんとなくしんみりとしてしまった空気をはじくように、コピー機が甲高《かんだか》い電子音でコピー終了を告げた。刷り終わった紙の束を抱えて、健一は晴人の隣のデスクに腰掛けた。

「そうやった。お前に一応話しとかなあかんことがあってさぁ。この後、駐車場の仕事行くやろ？　そんときに、他のおじさんらにも伝えといてほしいんやけど」

わざわざ駐車場のスタッフに伝えなくてはならないこととは、いったい何事か。身構える健一に、晴人はなんとも微妙な表情で「実は……」と口を開いた。

「不審者ぁ～⁉」

晴人から聞いた内容をさっそく駐車場スタッフに伝えた健一は、岡島のドスのきいた驚《きょう》愕《がく》の声を、「らしいです」と流した。

「今朝監視カメラの内容をチェックしたら、そこに不審者が映っていたみたいで」

柳道商店街には防犯のために監視カメラが複数箇所《かしょ》設置してあり、店が閉まっている夜の間に不審なことが起こっていないか、毎朝ざっとチェックしているのだ。

晴人が言うには、昨日の深夜、商店街内を行ったり来たりする男の姿が何度も映っていたらしい。

「何度も映っとったって、それ全部同一人物なん？」

「はい。俺もざっと確認しましたけど、背格好は一緒でした。残念ながら、顔までは確認できませんけど」

柳道商店街に設置した監視カメラはそこそこの年代物だった。ゆえに、アーケード内の電気すら消える深夜帯の映像など、限りなく白黒に近いざらっとした映像となっている。

「服装もワイシャツにパンツっていう、いたって普通の服装だったんですよ。でも深夜の商店街をなんども行ったり来たりするなんて目的もなくやることじゃないんで、不審者で問題ないと思います」

「あからさまな格好の不審者なんて聞いたことないしな」

岡島のつぶやきに、その場にいた全員がうなずいた。

「しばらくは様子見で、また出没するようなら警察に相談するそうです。とりあえずいまは、商店街全体で警戒してほしい、とのことでした」

「よし、わかった！　変な奴がうろついてえへんか、目を光らせるで」

健一たち駐車場スタッフは、車でやってくるお客と最初に顔を合わせるポジションだ。利用客に不審者が紛《まぎ》れていないか、また近くをどんな人がうろついているのかなど、警戒するのも仕事の内だった。

岡島の号令に、他のスタッフたちは「おう！」と声をそろえると、いつもより三割増し凜々《りり》しい顔でそれぞれの持ち場へ帰っていった。

「んで、結局不審者は現れへんだん？」

カフェレスト岬にて、いつもの指定席で夕飯を食べる健一へ、同じくカウンター席に腰掛ける充美が、オレンジジュースをストローで吸い上げつつ問いかけた。

健一は湯飲みのお茶をすすりつつ、「まぁ、そういうことだな」とうなずく。今日のお茶はほうじ茶だった。カフェレスト岬のお茶は商店街の茶葉店から仕入れている。この店のほうじ茶は、仕入れた茶葉を店主自ら焙《ほう》じて作っており、ほうじ茶らしい香ばしい香りをさせながら、煎茶《せんちゃ》本来の渋みや甘みもしっかり堪能《たんのう》できる品だった。

健一がお茶のおいしさをかみしめている間も、充美はストローでジュースをこねくり回しながら不満を口にした。

「不審者め、こそこそしとらんと出てこんかい」

「いや、堂々とした不審者とか聞かないから。後ろめたいことしているって自覚があるからこそこそするんだろう」

「後ろめたいって思うなら、そもそもしやんだらいいのに」

「それな～」

不毛な会話を繰り広げる間も、健一は食事の手を止めなかった。今日の夕飯のメニューは、親子丼と大根とわかめの味噌汁に伊勢たくあんだった。親子丼の甘辛さと味噌汁のコクのある塩気がとてもよく合う。伊勢たくあんのこりこりした食感と強めの酸味は、いま自分は地元にいるのだと実感させる味だった。

「……ところで、どうして充美はここにいるんだ？　店はどうしたんだよ」

食後のほうじ茶を味わいながら問いかけると、隣の充美は「いまさら⁉」と声をあげた。

「普通、顔を合わせたときに聞かへん？」

「まぁそうなんだけどさ。椅子《いす》に腰掛けるなり夕飯が出てきたから。料理は温かいうちに食べるべきだろう」

健一が胸を張って言いきると、充美は「そうなんやけど……」とむずがゆそうな顔でうなった。

「はぁ……まぁいいや。あんな、不審者が出たやろ。それで防犯のために、ひとり暮らしの人たちが不安にならへんよう、世話人らが声掛けとか各自の判断ですることになったやんか」

柳道商店街には、独居老人ひとりひとりに対して複数人で暮らす家庭が世話人としてつく、という独自ルールがあった。世話人となった家庭は不自由なことがないか定期的に独居老人宅を訪ねたり、災害の時は避難を促したり手伝ったりする手筈《てはず》となっている。また、不審者の出没や近隣で事件が起こった時などは、独居老人宅の寝る前の戸締まりを確認したり、どちらかの家に宿泊したりするなど、それぞれの判断で行うことになっていた。

そして今回の不審者情報を受け、商店街はそれぞれの世話人へ担当する老人に注意を払い、必要に応じて対処するよう通達した。

健一たち高遠《たかとお》家は、半年ほど前に健一が帰省《きせい》するまで女性のふたり暮らしだったこともあり、世話人にはなっていなかった。しかし今回、タイミング悪くひとり暮らしとなってしまった女性がいたのだ。笹路を店主の勘助とふたりで営《いとな》んでいた、妻の宏美である。

宏美は、同居家族である勘助が入院中のため、予期せずひとり暮らしとなり、また世話人も決まっていなかった。宙ぶらりんとなっていた彼女を、高遠家が受け入れることになったのだ。

不審者が目撃されただけなので、たいていの世話人は担当する家の戸締まりを確認する程度なのだが、高遠家では宏美を招待して宿泊してもらうことになった。勘助が倒れて以降、病室と自宅の往復しかしていない宏美に、ほんの少しでも気分転換してほしいという花江のささやかな心遣いだ。

「高遠家は花江さんに三國さん、宏美さんと女性三人に対して男は健ちゃんひとりやろ。お父さんが、健ちゃんひとりやと心許《こころもと》ないから様子見てきたってって言うてね、仕事早めにあがらせてもらったの」

「そんなに頼りないか、俺！」

女手である充美が加わったところで、健一の負担が増すだけのように思う。充美の父親の中で、健一は充美よりもか弱い存在に分類されているのだろうか。

憤慨《ふんがい》する健一を、充美はそれはそれは優しい眼差《まなざ》しで見つめ、言った。

「だって……なぁ」

「だってなんだよ！　というかその目、やめろ！」

「健ちゃんってば、鏡で自分の姿見たことある？　ザ・文化系って感じの見た目しとるうえに、実際これといった運動しとらんやろ、最近」

「……ぐっ、うぅ……」

「さらにさぁ、私の趣味ってな～んだ？」

「趣味ぃ？」とぼやきながら、健一は自らの記憶をたどる。充美とはそれこそ物心つく前からの付き合いだ。普段、彼女がやっていたことと言えば――

思い至った答えに、健一は「うげ……」とうめいた。それを見た充美は、ふふんと勝ち誇った笑みを浮かべる。

「充美さんの趣味って、なんですか？」

沈黙のうちに上下関係が決定してしまったふたりの間に、不思議そうに首を傾《かし》げる三國が割りこんだ。その手にダスターを持っているので、おそらく健一の食器を片付けに来てくれたのだろう。

三國へと振り返ったふたりの顔は、片やそれはそれは面倒そうなしかめっ面《つら》、一方は「よくぞ聞いてくれました！」と言わんばかりにキラキラ眼《まなこ》だった。

「あー……充美の趣味ね、こいつ、昔っから格闘技が好きなんだよ」

「……格闘技？」と三國がつぶやくのにかぶせて、充美が「そう！」と力強くうなずいて両手の拳を握った。

「ただ好きってだけやないよ。ちゃんと全部実践《じっせん》してものにしとるんやから！」

「じ、実践……？」

「空手、柔道、合気道、剣道……だったか？　小さい頃から習ってどれも有段者なんだよ」

「最近はキックボクシング始めました！」

目元にピースを決めて、充美が高らかに宣言した。

どうやら大人になっても趣味という名の研鑽《けんさん》が続いていたらしい。もうここまで来ると趣味じゃなくて使命感すら覚える。彼女はいったいなにと戦う予定なのだろう。

「あー……うん。充美が来てくれて心強いです！」

現在どころか昔から、健一が充美に打ち勝つことなど無理だった。素直に負けを認めた健一は両手を膝につき、深々と頭を下げる。充美は「まっかされよう」と胸を張り、後ろでひとつに結んだ長い髪を片手でさらりとかきあげた。

芝居がかった仕草だが、美人の充美がやるとても見栄えがいい。三國も「おぉ～」と感嘆《かんたん》の声をあげながら拍手を送っていた。

「ふふふっ。健ちゃんだけやなくて、みっちゃんまで一緒におってくれるんやね。気にかけてくれてありがとう」

三國の拍手でのりにのった充美が高笑いを始めるか、というところで、穏やかな声が飛び込んできた。視線を向ければ、店内中央の楕円形《だえんけい》テーブルで紅茶を楽しんでいた宏美がくすくすと柔らかな笑みをこぼしていた。

宏美は垂れ気味な目元と相まって、おっとり、という言葉がよく似合う女性だ。笹路の女将《おかみ》として、よく言えば職人気質、悪く言えば頑固で愛想のかけらもない店主勘助と客の間を橋渡ししていた。宏美がいなければ、笹路はとっくの昔につぶれていただろう、とふたりをよく知る人たちは口をそろえて言っていた。

そんな勘助も、いまや入院中である。病室で待つ彼のためにも、きちんと宏美を守らなければ、と健一が密かに決意を新たにしていると、店のドアベルが軽やかな音を立てた。充美とともに振り返れば、晴人が「こんばんは」と会釈《えしやく》しながらやってくる。

「は？　どうしてお前までやってくるんだよ。もしかして、充美を迎えに来たのか？」

たとえ変質者をワンパンできる強さがあろうと、充美は女性である。不審者がいつ現れるかわからない夜の商店街を、ひとりで歩かせるわけにはいかないと判断し――

「いや、健一ひとりやと女性三人は守り切れへんやろって、父さんが言うたから」

「またかい！　つーか充美もおるのに晴人まで寄こすっておじさんの中でどんだけ俺弱いん⁉　むしろおじさんが想定しとる不審者が強すぎるんとちゃう⁉」

思わず伊勢弁でまくし立てる健一の隣で、充美がカウンターに突っ伏して大笑いした。顔なじみの常連客たちも兄妹と健一のやり取りを見て微笑《ほほえ》む中、宏美が「あ！」と声を上げた。

「大変、支払いせなあかんだのに、忘れとったわ」

両手で頬《ほお》を覆《おお》って、宏美が悲壮《ひそう》な顔で言った。

「あれぇ、もう遅いし明日でええんとちゃう？」

花江がそう首を傾げると、宏美は「そうなんやけどね……」と眉《まゆ》を下げる。

「銀行からお金おろしてきたんよ。そのまま家においてきたったわ」

普段であれば、明日の朝に取りに行けばいい話だ。だが、いまは不審者が目撃されている。万が一にも家に入られて、お金を盗まれたら？　この場にいるみんなが思い至ったのだろう。店内の空気が張り詰めた。

「……健一、晴くん、悪いんやけど、宏美ちゃんと一緒に家行ってもらえへんかな」

花江が静かに告げると、宏美が申し訳ないとばかりに首を横に振った。

「そんなんええよ。私ひとりでさっと行ってくるから」

「だめだよ、宏美さん。それは危なすぎる」

「そうやよ。こういうときは俺たち男手を頼ってよ」

「そやけど……危ないのはふたりも一緒やし……」

迷う宏美に、カウンターから出てきた花江が「大丈夫やって」と彼女の肩に手を置いた。

「健一はあれやけど、晴くんは強いから。なんてったって、みっちゃんに付き合っていろいろ習いに行っとったしな」

「いやだから、母さんまでなにを言い出すんだよ！　言っとくけどな、俺だって充美にいくつか付き合わされてんですけど⁉」

「でも。晴くんやみっちゃんと違って、これといって身につかんだやろ？」

哀しいかな。花江の言った通り、健一は幼い頃晴人たち兄妹と一緒に空手や柔道を習ったものの、段を取るには至らなかった。さらに大学に進学したあたりから身体《からだ》を動かすことすらほとんどなくなったので、戦力外通告も甘んじて受けるしかない。

反論の余地を失った健一は、声にならないうめきを漏《も》らしてテーブルに突っ伏す。そんな彼の背中に充美が手を置き、「ドンマイ」と慰めの言葉を贈った。


晴人と宏美を連れてカフェレスト岬を出た健一は、背を丸めてとぼとぼと歩き出した。

カフェレスト岬が面している中央広場を真ん中として、商店街は東西に伸び、宏美の自宅兼店舗《てんぽ》である笹路は、西側中央あたりに位置している。『笹路』と書いた看板が掲《かか》げてあるだけのシンプルな店構えで、木製の格子戸《こうしど》には、白く濁《にご》ったすりガラスがはめ込んであった。

準備中、と書かれた札をつるす引き戸の入り口に立った三人は、すりガラスの向こうを確認してから、互いに顔を見合わせた。

「点《つ》いてる……」

「あぁ、電気点いとるな」

すりガラスの向こう、誰もいないはずの店舗の奥に、ぽつりと明かりが点いていたのだ。声を潜めてどうするか相談する健一と晴人の背後で、宏美は青い顔で身をこわばらせていた。

「あのあたりって、厨房《ちゅうぼう》か？」

「おうおう、人が動いとんのがうっすら見えるやんか」

晴人の言う通り、光の中をちらちらと動く人影が見える。消し忘れではなく、店内に誰かがいるのは確実だった。

店内の様子をうかがいながら、健一は後ろで立ち尽くす宏美が高遠家に来ていてよかったと思う。花江が半ば強引に話を進めて決定したのだが、もしそうしていなかったら、今頃彼女は不審者と鉢合《はちあ》わせしていたかもしれない。

綱渡《つなわた》りのようなぎりぎりの幸運に感謝しつつも、この先のことも考えなければと、健一は頭を切り換えた。

「で、どうするのがいいと思う？　とりあえず、警察呼ぶか？」

「それが一番安全なんやろうけど……警察が来る前に逃げられてもあかんし、先に俺らで捕まえよか」

軽い調子で晴人が提案すると、宏美が「そんな……危険やよ」と顔を青ざめさせた。至《し》極《ご》真っ当な反応だが、晴人は「大丈夫ですよ」とあっけらかんと言い放った。

「さっき花江さんが言っとったように、俺、結構強いんですよ。それに健一やって、俺たちより弱いってだけで、そなへんのチンピラよりは戦えますよ」

「まぁ、確かになー」と、健一は投げやりに同意した。花江や充美と一緒にさんざんバカにした後で、頼りになるとかなんとか言われても、素直に喜べなかったのだ。

健一の心情にめざとく気づいた晴人は、「すねへんの」と言って健一の頭を撫《な》でた。同い年なのに、子供扱いされて余計に心がささくれ立ったが、大人げない自覚はあったのでもう気にしないことにした。

まずは中に入ろう、ということで、健一たちは店舗の裏側へ向かうため、笹路と隣の店舗との間にある、人ひとり通れるくらいの細い通路に入り込んだ。店の入り口と住宅の玄関を共有するカフェレスト岬と違い、笹路は店舗の裏側に住宅の玄関があるのだ。

　カバンから鍵《かぎ》を取り出そうとする宏美を押しとどめて、晴人が慎重にドアノブを捻《ひね》る。音を立てないようゆっくりと引っ張ってみれば、引っかかることなく玄関扉が開いた。

「鍵が開いてるってことは……」

「ここが侵入経路やろな」

　健一と晴人は顔を見合わせてうなずいてから、背後の宏美を振り返った。

「宏美さん、合い鍵ってどこかに隠してたりします？」

「そこの植木鉢の下に……」

　指さしたのは、玄関の左右を彩る植木鉢だった。

　よく勘助が鍵を忘れるのだと眉を下げて微笑みながら、大小様々な植木鉢の中で、一番手前の白い丸形の植木鉢を持ち上げた。が、そこに鍵はない。

　状況から見て、ここの鍵を使って侵入したのだろう。おびえる宏美を晴人と健一が前後に挟むようにして並び、健一たちは屋内に踏み込んだ。

　玄関に入ると、土間空間が奥へと細長く伸びていた。土間を進んでいけば店へと繋《つな》がっており、玄関扉すぐ右手にある階段を上っていけば二階の住居へ続いているらしい。

　さっき確認した明かりは店の方だった。晴人、健一、宏美の順で、細い土間を歩いていく。

土間の奥はまず倉庫に繋がり、そこから板場へと続いていた。土間と倉庫の境目の引き戸が開け放たれており、おかげで余計な物音を立てずに進むことができた。普段は閉めているとのことなので、侵入者が開けっ放しにしていったようだ。

倉庫と板場の境目は、腰の位置まで垂れるのれんのみ。白地に濃紺《のうこん》の染めが入ったのれん越しに、明かりがうっすらと透けて見えた。どうやら、板場の明かりがついているらしい。

侵入者に見つからないよう、健一たちは倉庫の壁に張り付きながらのれんに近づき、そっと扉の脇から店の様子をうかがった。

予想通り、灯っていたのは板場の明かりだった。まるで寿司を握る板前を照らすスポットライトのように、板場の作業台を照らす明かりだけがぽつりと点いていた。

真上から光に照らされているので、侵入者の顔はいまいち判別できないが、なにやら作業をしているらしい。よほど作業に集中しているのか、こちらに気づく素振りはない。それをいいことにしばらく観察し続けていると、ふと、健一の記憶に引っかかるものがあった。

顔は相変わらず見えづらい。が、どこかであったことがあるような——

口元に手を添えて考え込む健一の背後で、宏美が「まさか……」と息を呑《の》んだ。と同時に、のれんの向こうへ飛び出してしまう。

慌てて健一と晴人が店内へと踏み込むと、視界がぱっと白く染まった。宏美が店内の明かりを点けたらしい。

「勘太！」

目を手で庇《かば》って瞬きする健一の耳に、宏美の悲鳴に似た、すがるような声が響いた。

「あんた、勘太やろ⁉」

勘太といえば、確か何年も前に家を出ていったっきり音信不通だった、宏美の息子ではなかったか。

痛む目をこらえて前を向けば、板場の奥で驚き固まる男性と、そんな彼へ向けて両手を伸ばして歩み寄る宏美の姿があった。

男性の傍までやってきた宏美は、彼の顔を両手で包み、まじまじと見つめた。

「あぁ……勘太、勘太やわ。帰ってきてくれたんやね。こんなに立派んなって……」

みるみるうちに宏美は涙を溢《あふ》れさせ、男性の頭を優しく撫でた。

なにも言葉を発さないものの、されるがままの男性――勘太を見て、健一たちは宏美の言っていることが正しいと判断し、ほっと息を吐いた。

空《あ》き巣《す》か強盗か、と緊張していた心に余裕が幾分か戻った健一は、母親である宏美におとなしく頭を撫でられ続けている勘太を、改めて見た。短く刈りそろえた黒髪と、困っているような、途方に暮れたような顔をしているものの、どことなくぴりっとした空気を纏《まと》う彼に、健一は見覚えがあった。

「君……もしかして、昨日駐車場利用しなかった？　確か、ほら、笹路が営業しているか聞いてきた人！」

「あ、もしかして、『弥助の皿』を思いっきりけなしてった男か？」

健一の話を覚えていたらしい晴人が、ぽんと手を叩いてさらなる情報を追加する。話を聞いた宏美が「昨日、店に来てくれたん？」と問いかけると、勘太は見るからに焦り出した。

「ち、ちがっ……！　俺はただ、久しぶりに伊勢へ帰ってきたから、ちょっと様子だけ見ていこうかなって思っただけで……顔を出すつもりなんかなかったし！」

いまだ頬《ほお》に触れる宏美の手を振り払い、勘太は腕を組んでそっぽをむいた。まさにいたずらがバレて焦る子供といった態度を、宏美は「そうなんやねぇ」と微笑《ほほえ》ましそうに見つめていたが、健一と晴人は呆《あき》れるしかない。

「あのさぁ、顔を出すつもりがなかったってんなら、どうしていまここにいるんだよ」

「昨日の晩、商店街をうろついとった不審者も、君なんやろ？　てかさぁ、ここでなにをしとったん？」

「べべ、べつになにも……」とわかりやすく動揺《どうよう》し、わたわたと作業台を隠すように立ちはだかる勘太を、晴人が力ずくで押しのけた。天井から落ちる明かりで煌々《こうこう》と照らされる作業台には、白いご飯が艶《つや》めく寿司桶《すしおけ》と、マグロやカンパチ、サーモンといった、寿司ネタと思われる魚の切り身がのった複数の小皿が並んでいた。そして作業台中央に陣取る木製の寿司皿――いわゆる寿司下駄《すしげた》には、握り寿司が並んでいた。

状況から見て、勘太が握ったものだろう。宏美も「あんた……寿司握れるようになったんやね」と感激している。すぐさま「違《ちげ》ぇしっ……」と勘太は否定しようとしたが、わずかないびつさもなく、大きさも均一なにぎり寿司を、素人《しろうと》が握れるはずがない。

健一や晴人の視線を受けて観念したのか、勘太は長いため息とともにしゅんと背を丸めてぽつぽつと語り出した。

「お兄さんが昨日持ってた本……あれ、読んだか？」

まさかここで自分に話を振ってくるとは思わず、健一は面食らったものの、すぐに『弥助の皿』のことだと気づき、黙って何度もうなずいた。うつむいたまま、ちらりと視線だけで健一の返事を確認した勘太は、ばつが悪そうに目をそらして眉間《みけん》にしわを寄せ、言った。

「俺さぁ、あの話、映画を見て初めて知ったんだよ。で、主人公の境遇がさぁ、怖いくらいに一緒だったんだ」

勘太曰《いわ》く、高校生の時に父親である勘助と大げんかして家出した後、日雇いの仕事をこなしながら食いつなぎ、最終的に寿司屋に弟子入りしたという。

「あの映画のラストでさぁ、父親と和解するだろう？　俺もいつか一人前になったら実家に顔を出して、親父《おやじ》に俺の握った寿司を食べさせてやりたいって思ったんだ。自分の輝かしい未来を見たような気分になって浮かれきって、普段読みもしないのに原作本まで買って読んじまったんだよ。そしたら……」

言葉に詰まる勘太を見て、健一と晴人が「あー……」と声を漏《も》らして顔を引きつらせた。『弥助の皿』は映画と原作では結末がまったく違う。真逆と言っても過言ではなかった。

「なんなんだよ、あの救いようのない終わりは！　せっかく頑張ったって、間に合わなきゃ意味ないじゃないか！」

両手を固く握りしめて、勘太は足下に向かって吠えた。しかし怒りは長く続かず、長いため息とともに、みるみるしぼんで静まりかえってしまった。

まるで打ち上げ花火がはぜた後の夜空のような、もの悲しい沈黙の中、低く低く、勘太は続きを口にした。

「でもさ……俺、思ったんだよ。もしかしたら、俺も親父に会えずに終わるかもしれないって。一人前とか、のれん分けしてもらえたらとか言ってたら、間に合わないかもしれないって。一回そんなこと考えちまったら、ずっと頭ん中にこびりつくのな。とうとう我慢できずに帰ってきちまったよ」

最後はため息混じりにつぶやいて、勘太は片手で目元を覆《おお》った。その後のことは健一も知っている。笹路の閉店を告げたのは、他でもない健一なのだから。

「最悪だよ……。似てる似てるって思ってたけど、結末まで一緒じゃなくていいじゃねぇか！　なんでっ……なんで店閉まってんだよ。いつか親父に俺の寿司食ってもらって、一緒に並んで握りたいって思ってたのにっ……間に合わなかったじゃねぇか！」

嗚咽《おえつ》混じりに叫ぶ勘太は、とうとう立っていることもできずその場にしゃがみ込んでしまった。一緒に膝をついた宏美が、うずくまって涙する息子の背中を優しくさする。

すすり泣く声を聞きながら、健一は作業台を見る。寿司下駄に並ぶ握り寿司は、合わせる顔がないと思いながらも、せめて自分の寿司を食べてほしいという勘太の気持ちの表れなのだろう。おそらくだが、昨夜商店街をうろついていたのも、両親に顔を見せるか否《いな》かで迷い続けていたのだ。

健一の頭に、昨日の晴人の言葉がよぎる。

救いようのない結末だからこそ、同じ境遇にある人たちの胸に響くのではないか——と。

「同じじゃない。同じ結末なんて、まだ迎えてないよ」

涙する音だけが響く店内に、健一のつぶやきが落ちた。静かながら、強さを秘めた言葉は勘太たち親子の耳にもきちんと届いたようで、うずくまったまま顔を上げたふたりへ向けて、健一は語りかけた。

「確かに店は閉めちゃったけど、でも、まだ間に合う。だって親父さんは一命をとりとめたじゃないか。生きている限り、まだまだ和解する機会はあるよ」

「そうやな。麻痺《まひ》はあるけど、これからのリハビリ次第でまた寿司を握れるようになるかもしれんしな。諦めるにはまだまだ早いんちゃうかな」

健一に続いて晴人がそう声をかけると、はっとした宏美が「そう……そうやわ！」と大きくうなずいた。

「お医者さんには、頑張り次第で変わりますって言われたわ。それやのにお父さんったらすっかり弱気になってもうて……。でも、勘太が寿司職人になって帰ってきたって知ったら、あの人のことやで絶対気力を取り戻すわ。勘太に笹路の味を教えるんやって言うて！」

その様子がありありと目に浮かんだのだろう。語る宏美の表情はみるみる明るくなっていった。

一方の勘太は、いまいち自信が持てないようだ。不安げな顔で宏美を見つめていたが、そんな息子の両手を握り、彼女は「だぁいじょうぶ」と優しく言い聞かせる。

「明日、一緒にお父さんとこ行こう。あんたが握ってくれた寿司持って。な」

「で、でも、俺……まだ一人前って認めてもらってないんだ。それなのに……」

言い募《つの》る勘太を無視して立ちあがった宏美は、寿司下駄に並ぶ握り寿司をひとつ取り、口にほうり込んだ。「あっ……」と声を漏らして立ちあがる勘太を見つめたまま黙々と咀《そ》嚼《しゃく》し、飲み込んだ後、言った。

「おいしいわ、勘太。寿司を握るのに一番大事な心がきちんとこもっとる。これならきっと、父さんの弱った心に元気をくれるに」

母に褒《ほ》められた勘太は、なにも答えなかった。ただ呆然《ぼうぜん》とする彼を置いて、宏美は寿司下駄を持って健一たちへと差し出した。

「よかったら、健ちゃんも食べてみて。ほんまにおいしいから。ほら、晴ちゃんも」

勧められるまま、健一たちは握り寿司を取り、口にほうり込む。舌の上でハラハラと崩れるシャリの間から、ネタのうま味が拡がっていく。固すぎず、柔らかすぎない絶妙なシャリの握り加減は、素人にはとうてい真似《まね》できない、まさに職人の技だった。

「……うん。うまい」

「やっぱ職人が握る寿司は格別やな」

褒めそやす健一たちを、勘太はやはり呆然と見つめるだけだった。そんな息子の両手を、宏美が包み込むように握る。

「なぁ、ほら、みんなおいしいって言うてくれとるよ。そやで自信持って。明日また、父さんとこに持って行こう。一緒に、な」

「……うん、うん」

優しく言い聞かされた勘太は、止まっていた涙をまた溢《あふ》れさせながら、何度も何度もうなずいた。

ついには声をあげて泣き出した勘太と、それを慰める宏美。

どうしてだろう。健一の目には、母子の声が響く店内が、さっきより一段と明るくなったように見えた。


いまにも雨が降り出しそうな灰色の空と、汗をかいていないのに、服が張り付いているような錯覚《さっかく》を覚えるほど、じめじめとした空気に満たされた、六月末。

「べったべたで気持ち悪い……」

パラソルの陰に隠れたところで、六月特有の不快感から逃げられるはずもなく、健一はパイプ椅子《いす》に腰掛けたまま、手脚をだらしなく投げ出していた。

「このじめじめが終わったら終わったで、酷暑《こくしょ》が待ち構えとると思うと、ほんまにいやんなるよなぁ」

もうひとつの椅子に腰掛ける岡島が、うちわで扇《あお》ぎながらタオルで首もとの汗をぬぐった。

「……あ、お客さんや。健ちゃん、よろしく」

「えぇ～……さっきも俺が行きましたよ」

「わし、もう年寄りやから。じめじめした空気がつらいんよ」

「…………年がら年中似たようなこと言ってません？」

じと目でにらんだものの、健一は重たい身体《からだ》を起こして自転車にまたがった。

「いってらっしゃい。いやぁ、やっぱり若いって素晴らしいなぁ」

岡島の白々しい声援に見送られながら、健一はペダルをこぎ出す。キィーコ、キィーコときしむ音を響かせながら車に追いつくと、すでにふたりの女性が車から降りてくるところだった。

「こんにちは、ご利用ありがとうございます」

笑えば爽《さわ》やかイケメンっぽく見えそう、と充美に評価された――のか微妙な笑みを浮かべ、女性ふたりに声をかけつつ健一は駐車券に必要事項を書き込んでいく。

「この時間だと、ランチですか？」

駐車時刻を確認しようと腕時計に目をやれば、十二時五分だった。駐車券に書き込む間を持たせるため、健一が問いかけると、女性二人組は「はい」と笑顔でうなずいてカバンから薄い冊子《さっし》を取り出した。

「これ……ここに紹介されとるお寿司屋さんに行きたくて、来たんです」

そう言って女性が差し出した薄い冊子は、『柳道商店街瓦版』だった。開いたページに載っているのは、商店街のちょっとした日常や変化を綴《つづ》ったコラム。

健一が書いたコラムだった。

「……その、お店なら、この通路から入って左に歩いていけばつきますよ。木製の格子戸《こうしど》の店で、白い壁に『笹路』って書いた看板を掲《かか》げてありますから、すぐにわかると思います」

健一の説明を聞いた女性たちは「ありがとうございます」と満面の笑みで告げて歩き出した。商店街へと消えていく背中をぼぉっと見送りながら、健一はかみしめるようにひとつうなずく。

自転車をこいでパラソルのところまで戻ってくると、岡島の傍に、充美が立っていた。なにやら話し込むふたりの手には、柳道商店街瓦版が握られている。

「おう、健ちゃん。お帰り」

こちらに気づいた岡島の労《ねぎら》いの言葉に、健一は軽く会釈《えしゃく》しながら自転車から降りた。振り返った充美は、手に持つ冊子を掲げてみせる。

「健ちゃんお疲れ様。これ、健ちゃんが書いてくれたコラム。すっごい評判よくてな、笹路の親父《おやじ》さんがお礼言うとったよ」

自分が書いたものを褒められて、健一は素直に嬉しいと思い、「ありがとう」とはにかんだ。ほのぼのと笑い合うふたりの横で、コラムを読む岡島が難しい顔でうなる。

「まさか健ちゃんにこんな才能があったなんてなぁ。もうこのまま、作家先生目指しちまえばええんでない？」

「いや、小説とコラムはまったく違うものだから。これを書くだけでもめちゃくちゃ大変だったってのに、小説なんて長いもの書けるわけないでしょう」

　全力で否定する健一を見て、岡島は「違いない」と笑いとばした。

「今日あたり、母ちゃん連れて花江さんとこ行こかなぁ」

　しみじみとした岡島のつぶやきを聞いた健一は、「喜びますよ」と微笑《ほほえ》んだのだった。


　午後三時過ぎ。今日の仕事を終えた健一は、自宅であるカフェレスト岬ではなく、商店街西端にある晴人たち篠山家が切り盛りする生花店を目指していた。

　次号の瓦版に載せるコラムについて、晴人と打ち合わせする約束なのだ。普段は商店街中央にある事務所で行うのだが、アレンジメントフラワーの注文が立て込んでいるらしく、アレンジメントする彼の傍《かたわ》らで話し合うことになった。

　六月と言えば、ジューンブライド。結婚式関連だろうか、などと考えながら歩いていると、斜め前の店の扉ががらりと開き、誰かが出てきた。

「……あ」

健一に気づくなり小さな声をあげ、視線をさまよわせたその人は、今日も相変わらず鋭い雰囲気《ふんいき》を醸《かも》し出していた。しかし、服装は出会ったあの日とまったく違う。清潔感のある真っ白な上下を着て、頭には青い手ぬぐいではちまきをしている。

一目で板前とわかる格好をした人物——勘太は、格子戸横に掛かっている『営業中』と書かれた木札をひっくり返し、『準備中』に変えた。

が、すぐに店に戻ったりせず、ひっくり返したはずの木札をいじいじと触りながら、健一へちらちらと視線を寄こした。

「……よ、よぉ。仕事は終わったのか」

「あぁ、うん。ちょうど仕事が終わって、いまから晴人のところへ行くんだ。そっちは中休み？」

「お、おう。つっても、昼飯食べたらまたすぐに夜の仕込みとか、いろいろ忙しいんだけどな。と……ところでよぉ、その、瓦版の記事……書いてくれてありがとうな。それ見たってお客さんが、結構来てくれてる。その……再開してくれて、うれしいって……」

「おいっ、勘太ぁ！　看板ひっくり返すだけでどんだけ時間掛かっとんねん！　早く戻ってこい！」

突如として店内から響いてきた声が、勘太の頼りない声をかき消してしまった。大げさなほどに身体をびくつかせた勘太は、すぐさま格子戸へ向かって「わかってらぁ！」と怒鳴り返す。

「なんか、ごめんな。俺と話していたせいで怒られちゃって。ほら、店に戻りなよ」

「あぁ……うん。すぐ戻らなきゃなんだけどよぉ……」

そう言いながらも、その場を動こうとしない勘太へ、健一は穏やかな笑顔とともに告げた。

「親父さん、板前復帰できてよかったね」

はっと顔を上げた勘太は、きりりと眉《まゆ》をつり上げて、「おう!」と腹から声を出した。

「半身麻痺《まひ》だなんだってさんざん大騒ぎしてたってのに、俺に店を任せるなんてできないって言って、一ヶ月で退院しやがった。まだ歩くのはおぼつかないけど、寿司は握れるようになったんだぜ。執念だよな」

「素直じゃないなぁ。いや、素直なのか? 息子と並んで板場に立ちたいから、リハビリめちゃくちゃ頑張ったんだろうし……」

「こっぱずかしいけど、そういうことなんだと思う。俺も、親父と一緒に板場に立てて嬉しいし……。なんつーか、『弥助の皿』の作者には感謝しかないよ。あれがなかったら絶対、間に合わなかったから」

小説での『弥助の皿』の結末は悲劇的だったけれど、それがもたらした危機感により、勘太は両親と顔を合わせる決意ができた。

もしも勘太が帰ってこなければ、勘助は気力をなくしたまま、リハビリもいまのように劇的な効果をうまなかっただろう。

まさに、小説が結んだ縁。

「あんたにも、感謝してる。今度、店に顔を出してくれよ。ほら、あの男前も一緒に。ご馳走《ちそう》してやるからさ！」

「まじか。笹路の寿司がまた食べられるなんて、願ったり叶ったりだよ。アナゴの押し寿司が恋しかったんだ」

「よくわかってんじゃねぇか。うちのアナゴの押し寿司は日本一だぜ！　まだ作らせてもらえないけどな！」

「近々絶対、顔を出すよ。晴人と一緒に」

「おう。待ってるからな！」

勘太は普段の鋭い雰囲気から想像もできない、真夏の太陽のような満面の笑みを浮かべて、拳を軽く突き出した。なんとなく、健一が同じ仕草を返すと、彼は満足げにうなずいて、そのまま店の中へと帰っていった。

健一も止めていた足を踏み出し、晴人が待つ生花店を目指す。

次の記事はなにを題材にしよう——そう考えながら視線を巡らせて、ふと、まさか書くことに対して前向きになれる日が来るとは、としみじみ思った。

六月が終わったら、晴人と一緒に笹路に行こう。

アナゴの押し寿司は絶対食べるとして、マグロ、カンパチ、サーモン、玉子……ちょっと贅沢《ぜいたく》にいくらやトロなんかもいっちゃおうか。せっかくだから、勘助と勘太ふたりともに握ってもらって、親子で味比べ、なんてしてみてもいいかもしれない。

踏み出す足が、次第に弾み出す。

未来へのささやかな希望を胸に、健一は進む。

新しい季節は、もうすぐそこだ。

柳道散歩　第一回『名店の復活』

いかにそれが素晴らしいものであろうと、近くにあるのが当たり前過ぎると、いつしかその価値を忘れてしまう。そんなことはないだろうか。

筆者にとって、柳道商店街の西側、中程にある『笹路』が、まさにそれに当てはまっていた。

笹路は戦前から続く寿司屋で、いまの大将は三代目である。職人気質な大将と人当たりのいい女将《おかみ》さんが営《いとな》む店は、伊勢の人々の心をつかみ、伊勢で寿司といえばここ、と語られるほどの名店だった。

　かの名店は、しかし、今年の四月に閉店してしまう。この店の寿司を食べて育った筆者にとって、それはとてつもない衝撃だった。

　伊勢にはほかにもおいしい寿司屋は存在する。だが、違うのだ。おいしい寿司が食べたいのではない。笹路の寿司を、大将が握った寿司を求めているのである。

　ずっと存在するものはない。そこにあって当然に思っていることでも、いつか突然変化することもあるという現実を、筆者の胸にまざまざと刻みつけたのだ。

　そして筆者と同じように、いやそれ以上の衝撃を受けた人物がいる。笹路を営む夫婦のひとり息子だ。

　幼い頃から店を切り盛りする両親を見て育った息子には、それがあまりに当たり前過ぎて、いかに両親が偉大か、気づけなかったのだ。

　語るより行動で見せる、といった大将の昔気質《むかしかたぎ》な性格も災《わざわ》いしたのだろう。反抗期を迎えた息子はとうとう家を出ていってしまった。

　息子がいなくなり、それでも変わらず営み続けた笹路は、大将が急病に見舞われて閉店を余儀《よぎ》なくされる。

　寿司を握る人がいなくなったのだから、仕方がない。これが時代の流れかと、大将を含めた誰もが諦めかけた、そのとき。

彼が、息子が、帰ってきたのだ。

家を出ていった息子は、流れ流れて、寿司職人となっていた。見習いとして店を手伝うようになって初めて、母の素晴らしさを知り、寿司を握らせてもらえるようになってやっと、父の偉大さを痛感した。

父に自分の寿司を食べてほしい。そして、父の寿司をもう一度食べたい。そう願って、息子は伊勢へ戻ってきた。

息子の帰郷と、寿司職人になったという事実は、大病を患《わずら》って意気消沈していた大将の心を奮《ふる》い立たせた。後遺症を乗り越え、また板場に立てるようになったのだ。

いま、笹路にはふたりの板前が立っている。

行きたいな、と思ったら。ちょっとどうしようかな、と迷ったなら。ぜひ、『笹路』を訪れてほしい。

一度失ったからこそわかる。いつでも行けるお店だけれど、ずっとそこにあるという保証はないのだから。

第二話

夜店の金平糖と人の縁

分厚い雲に覆《おお》われて、星の瞬きすら届かない宵闇《よいやみ》を煌々《こうこう》と照らす、アーケードライト。

時刻は夜の八時。

昔ながらの商店街らしく、夕方の六時を過ぎればほとんどの店が閉じてしまう柳道《やなぎみち》商店街に、いま、太鼓《たいこ》の音が響き渡る。中央広場で、近隣町内会の太鼓チームが演奏しているのだ。

商店街に響くのは太鼓の音だけではない。行き交う人々の楽しそうな笑い声、夕方に閉店した店の前に陣取る屋台たちから聞こえる、おいしそうな音と呼び込みの声。

普段の静けさからがらりと様相を変えた商店街の喧噪《けんそう》を背中に感じながら、健一《けんいち》はいつものパラソルでくつろいでいた。

見つめる視線の先、県道を走る車はどれもライトをつけていて、鋭い光が横切っていく。駐車場へ入ってくる車はないだろうかと注視する自分はいつもと変わらないのに、背後から届く賑《にぎ》やかさはまさに非日常で、まるで自分が異世界との境目にいるような不思議な心地がした。

「今日も賑やかやなぁ」

「まぁ、土曜の夜店ですからね。雨も降ってないし、今日静かだったら困ります」

ちらりと背後を振り返った岡島《おかじま》が思わず漏《も》らしたつぶやきに、健一は県道を見つめたまま淡々と答えた。

夜店。それは、六月頭から七月頭までの約一ヶ月間、日付に一、三、六、八がつく日と、毎週土曜日に行われるお祭りだ。

夜店の名前の通り、夕方の六時頃から商店街に屋台が並び、伊勢《いせ》市の各町会や周辺地域の自治会が名産品を販売したり、太鼓や盆踊り、木遣《きや》り歌《うた》を披露する。柳道商店街が主体となって行っている祭りだが、伊勢市全体を巻き込んだそこそこの規模を誇っていた。

「いち、ろく、さん、ぱち、毎週土曜日～」

おっとりとした節回しを岡島が口ずさむと、健一は「俺の時は毎週土曜日じゃなくて第二、第四土曜日でしたけどね」と笑みをこぼす。

「それ言うなら、俺んときなんていちろくさんぱちで終わりやよ」

「え、岡島さんが子供の時、夜店やってたんですか」

「やっとったわ！　今年の夜店は百五回目なんやぞ。健ちゃんは俺を何歳やと思っとんの」

「あー、そっすね、俺の母さんより少し年上くらいに思ってます。そっかぁ。夜店って百回越えてるんですね。すっごいなぁ」

「遷宮《せんぐう》と比べたら歴史が一桁《けた》違うけどな」

遷宮とは、二十年に一度伊勢神宮で行われる建て替えだ。少し前に行われた遷宮が確か六十二回だったから、記録に残っているだけでも千年を越えている。

「いや、そこと比べちゃだめでしょ」と呆《あき》れる健一に、岡島も「そやなぁ」とだらしなく笑った。

話が途切れて、ふたりの間に沈黙がおりる。午後八時をとうに過ぎたこの時間、県道を通る歩行者なんて滅多《めった》に見かけないのに、今日は健一の前をちらほらと人々が横切っていく。その誰も彼もが、楽しそうな笑みを浮かべていた。


手のひら程度の小さなビニール袋の口を締めるひもを緩《ゆる》めて、健一はひと口サイズのラムネを取り出した。小さなビニール袋の中には、いろんな形のラムネのほかにマーブルチョコや金平糖《こんぺいとう》といった色とりどりの小さなお菓子が入っている。せっかくだから屋台でなにか買ってきていいよと言われたので、『こんぺいとう』という屋台で買ってきたのだ。

こんぺいとうという屋台は、お菓子の量り売りをする屋台だ。名前の通りの金平糖のほかに、マーブルチョコや小石チョコといった小さなチョコレート、星やハートの形をしたラムネなどがお弁当くらいのサイズのタッパーに入ってずらりと並んでいる。お客は店員からお椀《わん》と小さなお玉を受け取り、好きなお菓子をお玉ですくってお椀に入れ、その重さに合わせて代金を支払うルールだった。この量り売りというのが曲者《くせもの》で、欲望のままにお菓子をすくうととんでもない金額になってしまう。

たまたま見つけられなかっただけかもしれないのだが、東京に住んでいる間、健一はどのお祭り会場でもこんぺいとうの屋台を見つけられなかった。久しぶりの夜店でこんぺいとうの屋台を見つけた健一は、喜ぶ気持ちのおもむくままにお菓子をすくいあげ、結果千円超えをたたき出してしまった。これも大人の一歩と思って甘んじて受け止めている。

「ん？」

記憶よりずうっと重たい袋から、カラフルにコーティングされたラムネを取り出していた健一は、県道から駐車場へ入ってきた車を見て思わず声を漏《も》らした。

時刻は九時過ぎ。普段であれば九時で勤務を終えるのだが、九時終了の夜店に合わせて駐車場の営業時間を十時まで延長しており、それに合わさって健一の勤務時間も延びていた。

健一たち駐車場係員による人海戦術で運営されている柳道商店街駐車場は、係員がいなくなれば駐車し放題の無料駐車場となる。もちろん、翌朝係員が出勤した時点で料金が発生してしまうのだが、久しぶりに実家へ帰ってきた人が夜の間だけ停めていく、なんていうことも珍しくはない。

そう、まさにいま健一の目の前をゆっくりと横切っていく、名古屋《なごや》ナンバーの車のように。

きっとこの近くに実家があるのだろう。夜の間だけ停めていくこと自体は構わない。問題なのは、時刻が九時過ぎということだ。

夜店の今夜は駐車場の営業時間が夜十時までとなっている。つまり、料金が発生してしまうのだ。

細い駐車場を伊勢市駅側へと走り続ける白いＳＵＶ車を追いかけて、健一はペダルをこぎ出した。ハンドルを握る手首には、色とりどりのお菓子が詰まったビニール袋をぶら下げて。

あの車がどこかに停まったら、営業時間の変更を伝えて、あと一時間弱どこかで時間を潰してきてはどうかと提案してみよう。いつお金を支払うのか、いったいいくら払えばいいのかなどなど、考えるだけで面倒くさいし、運転手も無料のつもりだろうから、そうした方がお互いに都合がいいはず。

などと考えていたら、目の前の車が停止した。しかし、通路のど真ん中で停止しただけで、近くの駐車スペースに停める素振りはない。

もしや、追いかけてくる健一を見て、料金が発生すると気づいたのだろうか。これは一度自転車を降りて、窓越しに運転手に声をかけるべきだろう。

車のすぐ後ろで自転車を降りた健一が、スタンドを立てようとした、そのとき。

ぱかりと、助手席の扉が開き、ひとりの若い女性が車から地面へ転がり落ちてきた。

「は？」

予想だにしない光景を前に、健一は間抜けな声を漏らした。

いまのはまるで、女性が助手席から無理矢理押し出されたように見えた。実際、目の前で尻餅《しりもち》をつく女性は「痛っ……なにすんのよ！」と叫んでいるし、そんな彼女を無視して助手席から伸びてきた手が扉を閉めてしまう。

状況が理解できない健一が呆然《ぼうぜん》と見つめている間に、尻餅をついたままの女性を置いて、車は走り出してしまった。

「ちょっ……、危ない！」

あわや、女性の足を後輪が踏むか、という状況に、思わず健一は声をあげる。その声が聞こえたのかはわからないが、女性が慌てて身を縮こまらせたことで、なんとか事なきを得ていた。

「大丈夫ですか⁉」

自転車のスタンドを立てることすら忘れて、健一は女性へと駆けよった。背後で倒れた自転車がけたたましい音を立てていたが、気にしてなどいられない。

健一から見えなかっただけで、もしかしたら車にひかれたのかも――それぐらいの至近距離を車が走っていったのだ。見ていただけの健一ですら全身の血の気がひいている。当人の女性はさぞ恐ろしかっただろう。

女性の隣に膝をついた健一が、もう一度声をかけようとしたその瞬間。走り去る車を見つめて放心していた女性が、勢いよく立ちあがった。

「こ……んのっ、クソ男ぉ――――――！」

響き渡る怒声に、膝をついたまま女性を見上げる健一はあんぐりと口を開けた。

「旅行先で置き去りにするってなに考えてんのよ!?　荷物も全部持っていっちゃって私にどうしろっての!?　信じられない帰ってきなさいよ馬鹿野郎ぉ――――――！」

腹の底からわき上がる怒りのままに叫び続けていた女性は、やがて噴火しきってしぼんでいく火山のようにしおしおと身を縮め、うつむく。力なく震える彼女を見て、これは声をかけるべきかと健一が足に力を入れたとき、女性が空を見上げた。

「うぅ……うわあぁぁ～～～ん。もうどうすればいいのよぉ～～～～！」

両手で目元をぬぐいながら、幼子のように泣きわめく女性に、立ちあがったばかりの健一は、持ち上げた片手を右往左往《うおうさおう》させながら、つぶやく。

「え、どうしろと……？」


「はあぁっ!?　置き去りぃ～～～!?」

閉店後のカフェレスト岬《みさき》に、充美《みつみ》と花江《はなえ》、三國《みくに》の驚愕《きょうがく》の声がこだました。

普段からかしましい充美や花江だけでなく、三國まで声をあげるとは、今回のことがいかに異常事態なのかを物語っていた。

キッチンに立つ花江と三國がカウンター越しに見つめる先、そしてカウンター席に腰掛ける充美のすぐ隣には、しゅんと首《こうべ》を垂れたまま力なくうなずく女性――そう、先ほど車に置き去りにされた女性が座っていた。

旅行者と思われる女性が駐車場に置き去りにされる――前代未聞の大事件を前に、困り果てた健一は人生の大先輩である岡島を頼った。

健一からことの次第を聞いた岡島は、いまだ泣き続ける女性を見て、きりりとした顔で言った。

「充美ちゃん呼んでカフェレスト岬へ行け」

ようは、女性のことは女性に任せろ――ということだ。

問題丸投げに見えなくもないが、真理である。見知らぬ土地にひとり取り残されたのだ。同性が声をかけた方が安心できるだろう。

健一はすぐさまスマホを取り出し、充美を呼び出す。状況から見て置き去りだろうとは思うが、詳しい事情も知らずに下手《へた》なことは言えないと、「訳ありっぽい女性が駐車場で泣き続けているから保護してほしい」とだけ伝えた。

怪訝《けげん》な顔でやってきた充美は、泣き叫ぶ気力もなくひとりすすり泣く女性を認めるなり、あえてこの場で事情は聞かずカフェレスト岬まで連れていった。一応目撃者ということで健一も一緒にカフェレスト岬へ向かってみれば、そこにはすでに、花江と三國が軽食と温かい紅茶を用意して待っていた。

温かい紅茶とささやかな軽食で心とお腹が満たされた女性は、ほろりほろりとこぼすようにこうなったいきさつを話してくれた。

そうして、現在に至る。

「ちょっと口答えしたからって車から追い出すとかなんなん⁉　しかも旅行途中とかありえへんのやけど！」

憤慨《ふんがい》する充美が拳をカウンターテーブルにたたきつけ、振動でカップとソーサーがガチャンと音を立てた。

憩《いこ》いの場である喫茶店《きっさてん》にふさわしくない行為だが、誰も注意はしない。ここにいる全員が同じ気持ちだからだ。

女性こと、中村清香《なかむらきよか》が話したことのいきさつはこうだ。

彼氏である外城田雄大《ときだゆうだい》と伊勢へ旅行に来た清香は、最初こそ楽しく過ごしていたものの、途中から雄大の機嫌が悪くなり、とうとう口論に発展して車から無理矢理押し出されたあげく置き去りにされたそうだ。

これだけでも非常識なのに、さらに最悪なのが、身ひとつで清香を追い出したこと。なんと財布どころかスマホすら持っていないという。

「見知らぬ土地で財布もスマホも持たせへんと置き去りとか……悪質にもほどがあるわ。もうこれ殺人未遂《みすい》じゃない⁉」

「殺人未遂は言い過ぎにしても、人としてありえないと思う」

カウンター席から少し離れたテーブル席で、健一がぼそりとつぶやくと、カウンター内に立つ三國がうんうんと何度もうなずいた。普段控えめな彼女には珍しい、嫌悪を前面に出した表情をしていた。

「まぁ、まぁ、充美ちゃん。気持ちはわかるけど落ち着きない。一応その人、中村さんの婚約者なんやろ？　他人様《ひとさま》の大切な人を悪く言うもんやないで」

憤懣《ふんまん》やるかたない様子の充美を、花江がおっとりとたしなめる。充美は勢いを幾分かおさえて「そうやけどぉ……」と拳を握り、なんとも言えない微妙な顔で隣の清香へ向きなおった。

「中村さんさぁ、そんな人とほんまに結婚するん？」

充美のまったく遠慮《えんりょ》も忖度《そんたく》もない、ストレートにど真ん中をついた問いかけに、肩をぴくりと動かした清香はそのままうつむいた。

「なんにも知らん赤の他人がこんなことずけずけ言うてごめんな。でもさ、普通ありえへんよ。旅行先にしかも無一文《むいちもん》の身ひとつで女の子を置き去りにするとか」

健一と三國がそれぞれ黙って首を縦に振る。さっきは止めに入った花江も、「そうやよねぇ」と苦々しい表情を浮かべていた。

「ねぇ、中村さん。あなたの彼氏がなんで不機嫌になったんか、もっと詳しく教えてもらえへん？」

雄大の行動に理解をしめすことなどとうていできないが、それでも理由を聞けば多少の酌量《しゃくりょう》というか納得ができるかもしれない。少しでも公平な視点で物事を見たいという、花江の苦肉の提案だった。

花江の柔らかな声に誘われて顔を上げた清香は、記憶をたどるように視線を横へと流し、やがてうつむいた。

「……土産物屋《みやげものや》のおじさんに、おまけをもらったのが、いけなかったみたいで……」

ぼそぼそと語られた内容があまりにくだらなすぎて、健一を含めた全員が「……は？」と低く声を漏《も》らした。

「そんな男を誘うような格好で誰彼構わず愛嬌《あいきょう》を振りまくから、下心丸出しの男が声をかけてくるんだって……」

清香の言葉を受け、その場にいる全員が彼女の服装へと視線を向けた。確かに、明るい茶色に染めてきれいに巻いた髪は田舎《いなか》の人間から見ると少々派手に映るかもしれない。しかしけばけばしいということもなく、華やかな印象の顔つきをしている彼女にとても似合っていた。オフショルダーの白いシフォンブラウスも、肩こそ出ているが長い髪で首回りは隠れているし、ワイドデニムを穿《は》いているから足を出しているわけでもなし。特段、男を誘うような服装には思えなかった。

「下心って……え、おじさんからいったいなにもらったん？」

「展示販売している干物《ひもの》をひと口、味見させてもらったんです」

「…………………いや、土産物の試食って普通やろ？」

長い沈黙の果てに、充美が低い声でなんとかつぶやくと、周りにいる全員が大きくうなずいた。

土産物屋で試食など、よくあることだ。とくに干物なんて、商品の干物を目の前で焼いて試食してもらう、というのがひとつの目玉となっている店もある。

目の前の清香は華やかな美人ではあるが、彼女がたとえお歳《とし》を召した老人であろうと、はたまた男性であろうと、店員は干物の試食を勧めたことだろう。

だってそれが商売だから。

「……彼氏さんは、干物が食べたかった、とか？」

健一がなんとかひねり出した苦しすぎる言い訳を、しかし清香はやんわりと首を横に振って否定した。

「私の後におじさんが勧めたんですけど、受け取りませんでした」

「じゃあ、干物が嫌いやったとかかなぁ？」

花江が頬《ほお》に手を添えて首を傾《かし》げていると、清香が細々とした声で「私が悪いんです……」と話し出した。

「私が、男を立てないだめな女だから……。おじさんに勧められたとき、まずは雄大に譲《ゆず》るべきだったんです。それなのに、私がなにも考えずに受け取っちゃったから……」

涙混じりに語られた内容に、全員が地を這《は》うような声で「……あぁ？」と漏らした。

「は？」ではない。「あぁ？」だ。

「え、ちょっとごめん。理解できへんのやけど、その譲る譲らんっていうのは、どっから出てきた話なん？」

めまいがするのか、額に手を添えた充美が静かに問いかけた。充美の質問がよほど不思議だったのか、久しぶりに顔を上げた清香は、長いまつげで縁取られた目をぱちぱちと瞬かせた。

「あ、えと……普段から雄大に言われるんです。もっと男を立てろ。お前ごときが口答えするんじゃないって。今日のことも、先に食べるってどういうことだって怒られちゃって……。雄大の言う通り、私がダメだってわかっているんですけど、どうしても考えるより先に行動しちゃうというか……今日のことを注意されたときも、結局言い返してしまって、それで……こんなことに……」

たしかに、車を追い出された直後の様子を見るに、思ったことをそのまま伝えるタイプなんだろうと、健一は思った。が、しかし、だからといって『お前ごときが口答えするんじゃない』などと言われる筋合いはない。

清香以外の全員が同じ考えに至ったのだろう。店内に不穏な空気が漂ってきた。

いまにも爆発しそうな怒りを押しとどめるように、充美が細く長い息をひとつ吐いて、口を開いた。

「試食云々《うんぬん》と男を立てる立てないがどう結びつくんかわからへんけど、とりあえず、なんでお前ごときとか言われなあかんの？　どんだけ偉いん？　その彼氏」

「雄大は、その……仕事もよくできるし、友達も多くて、いろんなことも知っているし……。私、いまの会社に就職して、社会人としての常識がなっていないんだなって痛感してて……雄大はそんな私にいろんなことを教えてくれるんです」

「……中村さんって、いくつ？」

「二十二です」

「あのさぁ……社会に出たばかりの子がやよ？　社会の常識なんて知るはずないやん！　何年もかけて会社でもまれて覚えてくの！　彼氏さん年上なんやろ？　知っとって当然やんな。むしろ新人をサポートする立場やろ。普通のことしとるだけやん！」

「でも、高専卒の私と違って、雄大は大卒だし……」

「いやいや、高専って私の地元では偏差値《へんさち》だいぶ高いけど⁉　だいたい、一言に大学って言うてもピンからキリまであるしな！」

「彼氏さんって、よっぽど有名な大学を出ているんでしょうね」

憤慨する充美の斜め後ろ、カウンターの中に立つ三國が穏やかに微笑《ほほえ》みながら問いかけた。が、笑みの形に細めた目が冷たい光をたたえており、健一の背筋に寒気が走った。

「ねぇ、中村さん。あなたの彼氏さんはいったいどんな有名大学を卒業されているの？」

薄ら寒さに身を震わせる健一を尻目に、あらためて問いかけられた清香は首を傾げて言葉に詰まった。

「その……すみません。知らないんです。いっつも雄大、俺は大卒なんだぞ、としか言わなくって……」

充美と三國、そして花江までもが盛大なため息をこぼし、やれやれとばかりに首を振った。

「ね～ぇ、中村さん。学歴でマウント取ってくるような人がさぁ、もし有名大学卒やったら、それ言わへんと思う？　ここぞとばかりに吹聴《ふいちょう》するんじゃないかなぁ。俺はT大卒なんやで！　って」

「大卒、としか言わない時点で、卒業した大学の程度がわかるというか……。本当に、一口に大学と言ってもいろいろありますから」

「名前書けば行けるところもあるって聞いたことあるわ。まぁ、私やったらそんなとこに行かせへんけどな」

花江の言葉を受け、健一の存在をいま思い出したとばかりに充美と三國が視線を向けた。

「あ～、ほんまや。健ちゃん自慢できるやんか！」

「いや、しねぇよ⁉　いくら良い大学出たってその後が大事だろ」

「そりゃそうやんな～」と納得する充美の斜め後ろで、三國が顎《あご》に手を添えて考え込み、そして改めて視線を向けた。

「あの、差し支えなければ、健一さんの最終学歴を教えてもらっても？」

「……W大、です」

「私立の名門大学じゃないですか。それは確かに自慢できますね。でも、健一さんも花江さんも、私にそれをひけらかすどころか話題にしたことすらありませんよね」

「自慢には思っとるんやよ。でも、わざわざ周りに言《ゆ》うてまわることやないでしょ。もう卒業して自立しとるんやし」

自立……できているのだろうか、と思わないでもなかったが、健一は黙っておいた。

いま大事なのは、清香に雄大のおかしさに気づいてもらうこと。健一のもの悲しい現実など、微塵《みじん》もお呼びでない。

全員の注目を浴びた清香はなにかに気づいたのか、はっとした顔でこちらを見て「W大……」とつぶやいた。

「お兄ちゃんと、同じ大学……。そういえば、お兄ちゃんも学歴自慢とか全然してない……」

「へぇ～！　中村さんってお兄さんおるんや。しかも健ちゃんと同じ大学って、知り合いやったりして」

「ないない。どれだけの人数が通っているか知ってるか？　万超えてるんだぞ。中村っていう名字《みようじ》も珍しくないし……」

「中村、鯉太郎《こいたろう》です。知りませんか？」

「鯉太郎……？　って、え！　鯉太郎!?　中村鯉太郎の妹!?」

久しく聞いていなかった個性的な名前を聞いて、健一は驚きのあまり立ちあがった。

中村鯉太郎といえば、学部は違うが健一と同期で、昭和歌謡同好会というサークルで知り合った友人だ。おっとりした性格ながら、ときどき、「リア充っぽい健ちんがこのサークルにいるって変な感じだよね」といった歯に衣着《きぬき》せぬ物言いを真正面から放つ、まさに不思議ちゃんだった。

「鯉太郎といえば妹ってくらい、あいついっつも妹の話をしていたよ。そうか、中村さんが鯉太郎の自慢の妹だったんだ」

鯉太郎のシスコンっぷりを聞いても驚かず、はにかんでみせる清香の様子から、兄妹仲の良さがうかがえた。よくよく見れば、鯉太郎の面影《おもかげ》が――まったく感じられなかった。

「もしかして、健ちゃんからその鯉太郎さんへ連絡できる？」

充美が前のめり気味に問いかけた。清香を無事に家へ送り届けられるかもしれないのだ。必死にもなる。

「連絡先が変わっていなければな。卒業したら地元へ帰るって言ってたけど、名古屋だったっけ」

健一の答えを聞いた充美が期待のこもった眼差《まなざ》しで清香を見ると、「電話番号は変わっていないと思います」と小さくうなずいた。

「じゃあ、電話してみるよ。あいつ、中村さんの現状を聞いたらすぐにとんでくるんじゃないか？」

半分冗談、半分本気で言いながら、健一はスマホを取り出して鯉太郎へと電話をかける。数コールの後、スマホから『もしもし？』という声が聞こえた。

「あー鯉太郎、よかったぁ繋《つな》がった」

『健ちん、久しぶりだねぇ。何年かぶりじゃない？　どしたの？』

「いやぁ、うん。ちょっと……じゃないな、結構な問題というか事件が起こっててな。お前の妹……清香ちゃんがいま俺の実家にいるんだよ」

『………………は？』という、聞いたこともない低い声がスピーカーから聞こえてきた。

身の危険を感じた健一は、慌てて「妹ちゃんに変わる！」といってスマホを清香に押しつけた。

受け取った清香は、必死な健一とは裏腹に緩慢《かんまん》な動作でスマホを耳に当てる。鯉太郎がなにかを話しているのか沈黙を続けた後、聞いているこちらの胸が痛くなるような震える声で、「お兄ちゃあん……」とつぶやいた。

家族と話ができて緊張の糸が切れたのだろう。雄大に置いてきぼりにされた直後の泣きわめきでも、充美たちが事情を聞いているときのすすり泣きとも違う。迷子の子供が、両親と出会えたときに見せる、恐怖と安心とうれしさがすべてないまぜになった泣き声で、清香は電話の向こうの鯉太郎に事情を話していた。

「よかったぁ……なんとかなりそうやね」

いつの間にか健一が座るテーブル席まで移動してきた充美が、ほっと胸をなで下ろした。健一は「そうだな」とうなずきながら、カウンターの花江と三國へと視線を向ける。ふたりも安堵《あんど》の表情でなんどもうなずいていた。

「お兄さん、車で迎えに来てくれるんかな」

「鯉太郎って、車の免許持ってんのか？」

車社会の田舎《いなか》とは違い、東京では車をほとんど必要としていない。同窓生の中には高校卒業のタイミングで免許を取ったというものもいたが、鯉太郎は地元が名古屋の中心部に近いとかで、地下鉄が便利だから免許を取らなかったと言っていた。

そこまで考えて、なぜだか嫌な予感がじわじわとこみ上げてきた。

「でも、卒業してから数年経っとるし、取っとってもおかしくないやろ」

「まぁなぁ。もし電車だったとして、迎えに来る日が明日になるってだけだしな。そんな心配いらないだろ」

時刻は十時前。急げば伊勢方面行きの電車に乗れるかもしれないが、帰りの電車がないのでこちらに泊まるしかない。宿代がひとり分増えるくらいなら、清香だけどこかのホテルに泊まって明日の朝鯉太郎が迎えに来るのがいいだろう。

「俺がお金を貸すって形にして妹さんを電車に乗せてもいいけどな。連絡先知ってるし」

「あぁ、そうやね。それやったら中村さんもいくらか楽な気持ちでお金借りれるんちゃうかな。でもさぁ、もしかしたら今日来たりして。だって、超がつくくらいのシスコンなんやろ？　大切な妹がこんな風に泣いとんのに、その場でじっとしとるなんてできるかなぁ」

にやにやと笑う充美は冗談で口にしたのだろうが、鯉太郎の妹愛を耳にたこができるくらい聞かされてきた健一としては、九割本気でうなずいた。

鯉太郎がミサイルのように家を飛び出してしまう前に、今後の対応をきちんと相談しなければ――と視線を清香へと向ければ、すすり泣く彼女が持つスマホから、こちらまで届くほど大きな声が響いた。

『わかった、待ってろ清香！』

「え、ちょっ……お兄ちゃん⁉」

慌てた声で何度か呼びかけ続けた清香は、やがて途方に暮れた顔でこちらへと振り向いた。

「電話が切れました……」

「間に合わなかったか……」と健一は頭を抱えた。その横で、充美が「え、ほんまに飛び出したん⁉」と目を丸くしている。

「ねぇ、中村さん。鯉太郎って免許持ってたっけ？　学生の頃は取ってなかったよね」

「はい……あのぉ……いまも持ってません」

健一のスマホを胸に抱きしめて、清香が視線をそらしながら答えた。彼女にも、この後の流れが読めたのだろう。

「免許持っとらへんって、電車で来るってこと⁉　帰れへんやん！」

「あぁ、帰れないなぁ。帰れないけど飛び出しちまったんだよ」

「す、すみません……。普段は冷静な人なんですけど……」

驚く充美に、清香が身を縮こまらせながら謝罪した。

「いやいやいやっ、中村さんが謝ることちゃうよ！」

恐縮する清香を充美が慌てて慰めていると、花江が「そうやよぉ」と朗《ほが》らかに笑った。

「家族と合流できるんやから、よかったやんか。これで一安心やなぁ」

「確かにそうですけど、今夜泊まる場所をどうするのか、考えておかないといけませんね」

冷静な三國の言葉にうなずきながら、健一は近所の宿泊施設をいくつか思い浮かべた。

柳道商店街から歩いて数分の伊勢市駅周辺には、数軒のビジネスホテルがある。いまは年末年始でも大型連休でもなく、花火大会や初穂曳《はつほび》きといった大規模行事もないから、どこかには宿泊できるはずだ。

「あら、それなら家に泊まってけばいいやんか。客間しか余ってへんから、ふたり一緒の部屋になるけど、兄妹やで構わへんかな？」

「え、あの……一緒の部屋で全然構わないんですけど……いいんですか？」

「いいよぉ～。だって鯉太郎さんは健一のお友達なんやろ？　お友達が泊まりに来るなんて普通のことやんか」

本心からの言葉なのだろう。花江はころころと笑いながらなんてことないように言い切った。それを見た清香はみるみる頬《ほお》を染め、唇をかみしめながら「ありがとうございます」と頭を下げた。

「よしっ、そうと決まれば準備しよ、準備！」

しんみりした空気をはらうように、充美がことさら大きな声をあげた。それに続いて、三國も「そうですね」と大きくうなずく。

「パジャマや化粧品《けしょうひん》は、ご迷惑でなければ私のものをお貸ししますよ。下着はコンビニへ買いに行けばいいですし」

「クソ野郎が荷物もなにも全部持ってったでな。最低限必要なものを考えてちゃちゃっとそろえたろに」

他人の彼氏に対して遠慮《えんりょ》がなくなったな、と思いながら、健一は「おう、それがいい」と大仰《おおぎょう》にうなずいた。

「お兄さんのパジャマも用意した方がええんちゃう？　電話の様子やと、財布とスマホだけ握りしめて飛び出してそうやん」

花江の言葉を受けて、一瞬店内が静まりかえった。全員が全員、その様子を思い浮かべて「ありそう……」と思ったからだ。

「パジャマは俺のを渡せばいいよ。下着はコンビニで適当に買ってきてくれ。お金は後で鯉太郎に請求するから、問題ないだろ」

ズボンのポケットから財布を取り出した健一は、それを充美へ放り投げた。緩《ゆる》やかな放物線を描く財布を、充美は危なげなく受け止める。

「財布そのまま渡すってどうなん⁉　お金出して渡してよ」

「いくら必要になるかわからないだろう？　それ、現金とチケットくらいしか入ってないから、最悪落としてもさほど痛くない」

「えぇ～……」と嫌そうな顔をする充美に、中身を確認するよう促す。こわごわといった様子で二つ折りの財布を広げた充美は、中を見て「うげっ」と声を漏《も》らした。

「万札が数枚入っとるやん！　一枚くれたら十分とちゃうかなぁ……って、なんこれ満《み》ちたりの湯《ゆ》の回数券⁉」

満ちたりの湯とは、伊勢市内にあるスーパー銭湯のことだ。天然温泉で満たされた数種類の湯船と露天風呂の他に、食事処もある。大型複合商業施設内にあることから、地元民のちょっとしたお出かけスポットだった。

「回数券買っとる人初めて見た。いいなぁ、温泉……私も行きたなってきた」

「あらぁ、じゃあ、その回数券使《つこ》て行っておいない」

回数券を見つめてため息をこぼした充美へ、花江がおっとりと提案した。持ち主である健一を無視しての提案だったが、健一自身、べつに構わないと思ったので「あー、そうするか？」と答えた。

「いやいやいやっ、銭湯代くらい自分で出すよ！」

「ええんよ充美ちゃん。だってせっかく健一のお友達がくるんやし、おもてなししたいやんか。それに、中村さんは旅行に来たんやし、温泉くらい入らんと。スーパー銭湯で申し訳ないけどな」

「そうだぞ、充美。お前だけお金を払ったら、中村さんも鯉太郎も遠慮するだろう。ここは黙っておごられておけ」

「そうやわ。せっかくやで三國さんもいってきない。いっつもたくさん働いてくれるんやから。たまには温泉でゆっくりしておいで」

まさかここで自分が巻き込まれると思わなかったのか、三國が慌てて首を横に振った。

「それでしたら、花江さんが行ってきてください。お店のことは私がしておきますので」

三國の提案を聞いた花江は、ふっと視線を彼方《かなた》へとそらし、へっと乾いた笑いを漏らした。

「私は、遠慮しとくわ。あそこ行くとな、絶対誰か知り合いと鉢合《はちあ》わせするもん……」

裸を見せ合うほど親しくもない知人と銭湯で鉢合わせしてしまうことほど、気まずいものはない。

全員が納得してしまい、しばし店内に沈黙が走った。

「えー……、それやったら、私も同じっちゃう?」

「大丈夫やってぇ。温泉に足繁《あししげ》く通うんはご年配の方ばっかやから。充美ちゃんみたいに若い子らは、ほんまにたまにしか行かへんやろ?」

「確かに、私も一回、二回しか行ったことないわ」

「俺は毎日行ってるけど、同級生と鉢合わせしたことないぞ」

「はぁ⁉　健ちゃんってば毎日通っとんの？」

驚く充美に、花江が「ひきこもりやめたあたりから、もうずっと通っとるよ」と頰に手を当てて答えた。

「信じられへん……。回数券使っても結構いい値段するのに」

呆然《ぼうぜん》とつぶやく充美へ、健一は腕を組んで「だからさ」と言葉を続けた。

「ここにいる全員分払ったところで、あんまり変わらないから、遠慮せず満ちたりの湯へ行くぞ。もちろん、三國さんもね」

充美と三國はお互いに顔を見合わせた後、視線を清香へと向ける。どうすればいいのかと戸惑い、身を縮める彼女を見て、充美と三國は、眉《まゆ》を下げて笑ったのだった。


「こんばんはー。健ちゃんおる？」

気の抜ける声とともにドアベルを鳴らして入ってきたのは、岡島だった。彼は楕円《だえん》のテーブル席につく健一を見つけるなり、「おう」と軽く手をふった。

「あれからしばらく待っとったんやけど、お嬢ちゃんの彼氏は現れんかったわ。世の中にはとんだクソ野郎がおったもんやな。おじさんびっくりやわ」

「え、岡島さんずっと外で待機してくれたんですか⁉」

時刻は十一時半。清香を保護してから二時間以上経っている。勤務時間を差し引いても、一時間半もサービス残業してくれたということだ。

健一が慌てて岡島のもとへと駆けよると、扉を支えたままの岡島が「気にすんなって」と空《あ》いている手をジャンパーの中につっこんだ。

「読みかけの本をじっくり楽しんだだけやから。はいこれ」

そう言ってジャンパーの胸元から取り出したのは、一冊の文庫本だった。表紙裏には、やはりというべきか『カフェレスト岬』の文字が書いてあった。

「その本な、親の再婚で憧れの先輩と同居することんなった女子高生の話なんやけど、甘《あま》酸《ず》っぱくておじさん心が洗われたわ」

聞いてもいないのに感想を述べる岡島に、健一は呆《あき》れつつもうなずき、文庫本を受け取った。本棚《ほんだな》に戻そうと作者名へ視線を向けたとき、岡島が「あぁ、あと、健ちゃんとこにお客さんやよ」と背後を振り返った。

いまこの瞬間、健一を訪ねる客人といえばひとりしかいない。本棚へと向けていた足を止めて岡島へと振り向けば、彼の背後から所在なげに顔を出す小柄な男性と目が合った。

「鯉太郎！」

「健ちゃん！　よかった、ちゃんと会えた」

安堵《あんど》のため息をこぼしてはにかんだ彼こそが、清香の兄、鯉太郎だ。数年とはいえ歳《とし》を重ねたせいか、頬がいくらかすっきりして顔の印象がシャープになってはいるものの、シルバーの丸ぶち眼鏡《めがね》と少し猫背《ねこぜ》気味のなで肩は、記憶の彼と変わらなかった。

「久しぶりだな。詳しい相談をする前に電話を切られたときはどうなるかと思ったけど、無事についてなによりだよ」

鯉太郎自身も無鉄砲だったと自覚しているのか、「う、うん……ごめんね」と目をぎゅっとつむった。

「清香のあんな泣き声聞いちゃったらいてもたってもいられなくて……」

清香が心配でたまらないのか、そう説明をしている間もせわしなく視線は動き続けている。なにを求めているのか理解している健一が、鯉太郎の目の前から少し身体《からだ》をずらすと、彼はカッと目を見開いた。

「清香！」

「お兄ちゃん！」

聞いたこともない強い声で清香を呼んだ鯉太郎は、健一の脇をすり抜けて妹の元までは せ参じると、椅子《いす》から立ちあがって兄を出迎えた彼女を強く抱きしめた。

「無事でよかった、清香……」

「お兄ちゃん……来てくれてありがとう」

清香も鯉太郎の背中に腕を回し、無事を確かめ合うふたりを見て、岡島が「兄妹仲がええんはええことや」としみじみつぶやいた。

「さあ帰ろかってときにな、あの兄ちゃんが駅から歩いてきてきょどきょど周り見渡しとんの見つけたんよ。不審者か誰かのストーカーか？　って警戒したんやけど、声かけてみたら健ちゃんの知り合いやって言うてな。なんでこんな時間にって不思議やったんやけど、お嬢ちゃんの身内やったんやな」

「大学の同期の妹だったんですよ」

ことの経緯を説明すると、岡島は「世間ってのは狭いもんやなぁ」と笑った。

「んじゃ、俺はもう帰るわ」

「岡島さん、なにからなにまでありがとうございました」

じゃあなと片手を掲《かか》げる岡島へ、健一が軽く頭を下げていると、それに気づいた鯉太郎と清香がふたり並んで深々と頭を下げた。

「あの、兄妹共々助けていただいてありがとうございました」

「ありがとうございました」

「ええに、ええに。困ったときはお互い様やろ。それに、お嬢ちゃんを助けたんは俺だけやないしな」

はっとする鯉太郎に優しく笑って、岡島は店を去っていった。カランコロンと響くドアベルの音が聞こえなくなった頃、鯉太郎と清香は改めて頭を下げた。

「皆さん、妹を助けていただき、ありがとうございました」

「ありがとうございました」

「あらあら、そんな深々と頭下げやんでええんよ。岡島さんも言うとったやんか。困ったときはお互い様やて」

花江がそう声をかけると、充美や三國が「そうそう」とうなずいてふたりに顔を上げるよううながした。何度か声をかけてやっと顔を上げた鯉太郎へ、健一は改めて問いかけた。

「ところでさ、鯉太郎。この後どうするかとか考えてるか?」

言われて初めて思い至ったのだろう。鯉太郎はあっという顔をして頭を抱えた。

「えと……とりあえず清香と合流してから、いろいろ考えようって……」

「スマホと財布だけ持って電車に飛び乗ったんだな」

ある程度予想していたことだが、鯉太郎はカバンひとつすら持っていなかった。

「す、すいません……」

「いや、荷物なんて用意していたら電車を逃していただろうし、いいっていいって」

「そうですよ、お兄さん！　今回のことは異常事態やったんやから、準備できへんで当然です！」

大げさに同意する充美に、非常ではなく異常事態なんだな、と健一はつっこもうとしたが、彼氏の所行は確かに異常だなと思い至り、「そうだな」とうなずいた。

「大丈夫ですよ。そんなこともあろうかと、清香さんと一緒にお兄さんの着替えも用意しておきましたから。ねぇ、清香さん」

三國の言葉に、清香がうなずいて答えた。

「あのね、お兄ちゃん。私、お財布も持っていなかったから、お兄ちゃんのお友達からお金を貸してもらって、ふたり分の必要なものを買ってしまったの。勝手なことして、ごめんね」

「清香が謝ることじゃないよ。そもそもの原因は、清香の荷物を全部持ってどっか行っちゃった泥棒野郎なんだから。お金ならお兄ちゃんがちゃんと返しておくから、心配ないよ」

聞いたこともない甘い声で清香を慰める鯉太郎は、妹愛を重々承知している健一でも胸焼けしそうだった。友人の予想以上のシスコンっぷりに密かに驚いていると、花江が場を区切るようにぽんと両手を叩いた。

「さぁさぁ、お兄さんとも無事に合流できたし、みんなでお風呂いっといで。週末やからいつもより営業時間は長いけど、もたもたしとると閉まってまうよ」

「え、お風呂?」と戸惑う鯉太郎を置いて、健一たちは「そうだな」「そうそう」とうなずいて動き出した。

「あの、とりあえず今夜の宿泊先を……」

「あぁ、そんなのいいって。俺の実家に泊まっていけばいいから。もう準備したし」

「えっ⁉　いや、さすがにそれは……」

「大学の友達が妹連れて遊びに来たって考えたら、べつにおかしなことじゃないだろう」

健一が当然のことだと言わんばかりに堂々と宣言すると、鯉太郎は「確かに……おかしく、ない……か？」と首を傾《かし》げた。混乱している隙《すき》に話を進めてしまおうと、健一は「まぁまぁ、とりあえず行こうぜ」と鯉太郎の腕をつかんで半ば無理矢理進み出す。

「行くって、どこに？」

「スーパー銭湯！」

健一の答えを聞いた鯉太郎は、「えぇっ⁉」と声をあげてたたらを踏んだのだった。


満ちたりの湯は、大型の商業施設でありながら伊勢市の中心部に存在する。

もともとは大きな工場があったところで、それこそ健一が幼い頃から廃墟として有名だった。それが、健一が東京で暮らしている間に再開発が進んで大型複合商業施設に変貌《へんぼう》し、その一角に満ちたりの湯があった。

市民の憩《いこ》いの場所であるのはもちろんだが、大型商業施設のすぐそばには近隣地域の医療を支える公的医療機関もあり、遠方からはるばるやってきた患者やその家族が、ほっとひと息つく場所としても重宝《ちょうほう》されていた。

充美が運転するワゴン車から降りた健一は、昼間と違いしっとりとした冷たさを帯びた風を浴びて、うんと伸びをした。

深夜といえる時間帯だけあり、隣接する商業施設が軒並《のきな》み閉店し、どこもかしこも暗い静けさに包まれている。広い駐車場と相まって、人の気配をまったく感じない。まるで別世界に来たようだった。

ただただひたすら薄暗く静かな世界で、唯一、灯火《ともしび》のようなオレンジの光をたたえる建造物こそが、今回の目的地である満ちたりの湯だ。

趣《おもむき》のある和風建築で、スーパー銭湯というより旅館といった方がしっくりくる外観をしていた。

中に入れば外の静けさとは違う暖かな光に溢《あふ》れ、ひのきとい草の香りに包まれ、ほっと知らず息が漏《も》れた。

いまだ驚き戸惑う鯉太郎を言いくるめながら全員分の料金をチケットで支払った健一は、女湯へと歩き出す充美たちのうきうきとした背中を見送った。

「え？　これって、どう考えてもいい値段するよね。本当におごってもらっていいのかな……いや、だめじゃない？　こっちがお世話になっているっていうのに……」

鯉太郎はいまだ納得できずぶつくさと独り言をつぶやいていたが、そんな彼をまるっと無視して、健一も男湯へと移動を始める。

「ねぇ、健ちんっ……」

「金ならいらないぞ。遠路はるばる遊びに来てくれた友達をもてなしてんだからな」

置いていかれそうになった鯉太郎が慌てて追いついてきて支払いについてもの申そうとしたが、健一は間髪《かんはつ》を容《い》れずにはねのけた。

「いや、でも……清香を助けてもらっただけでなく泊めてもらうのに……これじゃあしてもらってばっかりだよ」

「だからさぁ、今回はお前が清香ちゃんを連れて俺の実家へ遊びに来たってことにしとけばいいんだって」

「僕が……清香を？」

「そう！　まぁだいぶ強引な話だけどさ、クソ彼氏なんて最初からいなかったってことにして、明日はふたりで楽しく伊勢観光してこいってこと」

はっと目を見開いて足を止めた鯉太郎は、しばし呆然《ぼうぜん》とした後きゅっと口をひき結び、深々と頭を下げた。

「……ありがとう」

かみしめるようにこぼれた言葉に、健一は柔らかく微笑《ほほえ》みながら鯉太郎の頭をぽんと撫《な》でる。

「おら、いつまでもしみったれていないで、温泉でゆっくりしようぜ」

「……うん。そうだね。行こう」

顔を上げた鯉太郎ははにかみながらうなずいて、ふたりは浴場へと続く細い廊下《ろうか》を歩き出したのだった。


満ちたりの湯は浴場も木造で吹き抜けとなっており、太い柱と梁《はり》が交差して高い天井を支える姿はなかなかの圧巻だった。

スーパー銭湯というだけあり、風呂の種類は十を超え、露天風呂には岩を積み上げて造った風情《ふぜい》のある風呂の他に、肩のあたりから湯が流れてくる椅子《いす》型の風呂や大きな石を丸くくりぬいた湯船など、定番から変わり種まで様々な風呂がある。健一と鯉太郎はそれらひとつひとつを試してみつつ、結局は屋内にあるシンプルな掛け流し温泉に落ち着いた。

湯船奥の壁に背をもたれさせながら腰を落ち着けた健一は、露天風呂を臨める大きなガラス窓を眺めつつ、口を開いた。

「あのさぁ……お節介《せっかい》かもしれないけど、清香ちゃんの彼氏、あれはさっさと別れた方がいいと思うぞ」

健一は清香が車から突き出された時の様子を話し、いかに危険だったかを説明した。

「彼氏の姿は見ていないからさ、もしかしてとんでもない男前なのかもしれないけど、それでもあんな奴のどこが良いのか俺にはわからないね。身ひとつで見知らぬ土地に置き去りなんて、怒っていたとしてもありえないだろ。鯉太郎は会ったことがあるのか？」

鯉太郎は視線を落としたまま目を細め、首を横に振った。

「ないよ。結婚を申し込まれたから、今度家に連れてくるって言っていたけど、まだ会ってない」

「結婚なぁ……。絶対不幸になるぞ」

「それは僕もわかってる。あの男と付き合い出してから、清香の様子がおかしくなったんだ。物怖《ものお》じしない、良くも悪くも明るくてさっぱりした子だったのに……あいつと付き合い出してから、相手の顔色をうかがうというか、自分の考えが正しいのか常に迷っているような、不安定な状態になった」

「自信がなくなったんだろう。彼氏にいつも否定されるって言ってたからな」

彼氏の横暴を初めて知ったのだろう。振り向いた鯉太郎は「そんな……」眉《まゆ》をひそめた。

「なぁ、やっぱり結婚するべきじゃないよ。鯉太郎から、清香ちゃんに別れるよう言えないのか。せめて、結婚はいったん保留にするとか。俺たち他人が言うより、ずっと清香ちゃんに響くと思うんだよ」

瞳を揺らした鯉太郎は、するするとしぼむようにうつむいて、「無理だよ……」とつぶやいた。

「本当の兄妹だったら言えたのかもしれない。でも……僕には無理だよ。どこまで踏み込んでいいのか、わからないんだ」

「本当の兄妹……？　え、それって……」

目を丸くして言葉を失う健一へ、視線を合わせた鯉太郎は「そうだよ」とうなずいた。

「僕と清香は本当の兄妹じゃない。もともとは幼なじみでね、僕が中学生の時に両親が再婚したんだ。僕は母親の、清香は父親の連れ子だよ」

「幼なじみ？」

「そう。同じマンションでね。小学校の時は毎日僕が清香を迎えに行って登校していたよ。仲良く手を繋《つな》いでね。懐かしいな……」

鯉太郎も清香も親が働きに出ていたため、放課後は決まって鯉太郎の家に清香が遊びに来ていたという。ふたりで一緒に宿題をして、鯉太郎の母親が帰ってくるまでふたりで遊び、帰ってきた母親が用意した夕飯を食べてから、清香の父が迎えにくるまで、またふたりで遊んでいた。

「清香が妹になったとき、これからずっと僕が清香を守るんだって思ってた。でも、大人になったいまならわかる。兄である僕がずっと清香の傍にいることはできない。だけど、あんな奴に清香を任せるなんて絶対嫌だ」

　鯉太郎は握りしめた拳を額に当て、うつむいた。

「あんな奴やめとけって言ってやりたいのに、あいつと付き合い出してから、なんだか清香との間に壁を感じてしまって……どこまで踏み込んで良いのかわからない。距離感がつかめないんだ」

　そこを無理矢理にでも踏み込むべきなんじゃないか——そう思ったものの、健一は口にはしなかった。心境を吐露する鯉太郎の苦悶《くもん》に満ちた表情から、彼の長い長い葛藤《かっとう》が感じ取れたから。

　健一は黙って、天井を見つめた。立ち上る湯気で梁が霞む様が、まるで霧の中のようだと思った。


「はぁ〜……。やっぱり温泉は良いなぁ。疲れが洗い流されるわぁ……」

　露天風呂の縁に頬杖《ほおづえ》をつきながら、充美がため息混じりにつぶやくと、彼女の左右で湯につかる三國と清香がしみじみとうなずいた。

「こんなに趣《おもむき》のある露天風呂につかれるなんて……いまどきのスーパー銭湯って本格的なんですね」

「私も初めてここに来たんですけど、中村さんの意見に同意です。なんだか温泉旅館にいる気分」

「本当、それですよね」とあたりを見渡しながらうなずいた清香は、「あ」と声を漏らして充美たちへと振り向いた。

「私のことは、清香って呼んでもらっていいですよ。お兄ちゃんも同じ中村だし、ややこしいでしょう?」

清香の提案を聞いた充美は、「いいの?」と目を輝かせた。

「ほんなら、清香ちゃんって呼ぶわ。私のことも充美って、名前で呼んでな」

「私のことも、ぜひ三國って呼んでください、清香さん」

「ありがとうございます。充美さん、三國さん」

三人は顔を見合わせ、えへへと笑い合った。

「それにしても、健ちゃんってば毎日こんな贅沢《ぜいたく》な時間過ごしとんの? うらやましすぎるんやけど」

頬杖をついたまま、充美があたりを見渡してぼやく。露天風呂には所々植栽《しょくさい》もしてあり、木々の隙間《すきま》に灯る橙色《だいだい》の光が、なんとも言えない穏やかな空気を作り出していた。

「それなんですけど……たぶん、私のせいだと思います」

「三國さんの？」と振り返る充美へ、三國は申し訳なさそうに笑みをこぼした。

「健一さんが戻ってきて一ヶ月くらい経った頃でしょうか。体調が落ち着いて部屋から出てこられるようになった健一さんと、お風呂のタイミングがバッティングしたことがあったんです」

「ラッキースケベですか⁉」と身を乗り出す充美に、三國はすぐさま「違います違います。ただ脱衣所前の廊下でかち合っただけです」と否定した。

「そのときは健一さんが譲《ゆず》ってくださったんですけど、次の日から満ちたりの湯へ通い始めたんです」

「嫁入り前のお嬢さんと同居しとるんやから、そういうとこは気い遣うよね。まぁ、スーパー銭湯に通うんはどうかと思うけど」

　普通に考えて、そこは一般的な銭湯を選ぶところだろう。柳道商店街の近くにいくつか銭湯があるというのに、わざわざ自転車で十五分ほどかかる満ちたりの湯へ通うだなんて。贅沢だと思う自分がけちくさいのだろうかと、充美は眉間《みけん》にしわをよせた。

「すごいですよねぇ。こんなところに毎日通っているだなんて、駐車場の係員って、お給料いいんですね」

　清香の純粋な疑問を、充美は「そんなわけないやん」とすぐさま否定した。

「駐車場の係員の時給はまぁまぁいいけどさ、八時間フルで働いているわけでもないし、毎日スーパー銭湯に入るんは贅沢やと思うよ」

充美が見ている限り、シフト通りに出退勤して残業はほとんど発生していない。

「いまは実家暮らしですし、服とか趣味にお金をかけるということもないようですから」

三國の言う通り、健一は仕事と家の行き来くらいしかしていない。花江から聞いた話では、晴人《はると》が声をかけなければ、外へ遊びに行くこともないという。それは確かに、お金が貯まるかもしれない。

「そういや健ちゃん、東京でも仕事のしすぎで身体《からだ》壊したんよね。きっとその頃からお金あんま消費せえへん生活やったんやろなぁ」

「過労で倒れるって……いわゆるブラック企業だったたってことですか？」

「詳しくは知らへんの。健ちゃんがどんな企業で、どんな職種に就《つ》いとったんか。健ちゃんってそういうとこ秘密主義っていうか、あんま自分のこと話さへんのよ」

おそらくは、聞けば教えられる範囲で話してくれるだろう。が、体調を崩すほど追い詰められた原因について、根掘り葉掘り聞くのはどうかと思い、充美は静観している。

「なんやろなぁ。ただの勘でしかないけど、結構深刻な事情で体調崩したんとちゃうんかなって思うんよね。倒れた健ちゃんのフォローしとったお兄ちゃんがな、ものすっごい怖い顔でいつも電話しとったんよ。あれは絶対なんかあるわ」

晴人が頻繁《ひんぱん》に東京へ行くようになったと思ったら、健一を連れ帰ってきたのだから、充美としてはまさに青天《せいてん》の霹靂《へきれき》だった。

「戻ったんならそのうち顔見せにくるかな、て思っとったら、ベッドで寝たきり状態っていうやんか。どんだけひどい目に遭《あ》ったんやって商店街中大騒ぎになったよ」

健一が駐車場の係員になったのも、万が一体調を崩した際すぐに対応できるようにしつつ、外の世界と繋がってほしいというみんなの願いからだった。

「商店街の皆さん、とっても優しいんですね」

「商店街ってさ、みんな商売しとるから、子供をずっと見とれへんのよ。そやから商店街の大人たちみんなで子供を見るん」

学校から帰ってきたら声をかけるし、泣いているのを見つけたら駆けつける。運動会といった学校行事にも時間が合えば顔を出し、ひと声かけてくれたり。それぞれの店に縁戚《えんせき》関係はないけれど、商店街というコミュニティでみんなおおらかに繋がっている。

「私も健ちゃんも、商店街の子供なんよ」

恥ずかしくも誇らしげに、充美は笑った。

「商店街のみんなが、大きな家族なんですね。いいなぁ、あったかい……」

「なに言うとんの。清香ちゃんにも温かい家族おるやん。お兄さん、泣いとる清香ちゃんとこ駆けつけてくれたやんか」

充美に指摘されてはっと気づいた清香は、「そっか、そうですね」とかみしめるようにつぶやき、うなずいた。

そんな清香の様子を黙って見守っていた三國が、「……清香さん」と声をかけた。

「余計なお世話だとわかっていますが、本当にいまの彼氏さんとご結婚されるつもりなんですか？」

自分ならまだしも、いつも控えめな三國がこんな踏み込んだ問いかけをするなんて——

充美は驚いたものの、黙って清香の答えを待った。

「雄大は……新卒で入った私の教育係だったんです。右も左もわからない私に、丁寧《ていねい》にいろいろ教えてくれて、厳しいこともきちんと言ってくれる、とても頼りになる人だと思いました。付き合ってからも、いろんなところへ連れていってくれて、知らない世界をたくさん見せてくれて……この人についていけばいいって思ってたんですけど……」

やはり清香も思うところがあるのだろう。視線を落としてうつむいた。

「私が結婚を決めたのは、その人と一緒にいると、自分がとても自由に、伸びやかな気持ちでいられると思ったからです」

「…………えっ！　三國さん結婚しとったん⁉」

すっとんきょうな声をあげて驚く充美に、三國は「結婚を約束していた人がいました。婚約中に事故で亡くなってしまったんですけど……」と答えて儚《はかな》く微笑《ほほえ》んだ。

「あ、その……ごめんなさい」

「良いんですよ。言い出したのは私ですから。大丈夫。こうやって話題にできる程度には、持ち直していますから」

　確かに三國から話し出したことではあるが、話題にできる程度に持ち直したというだけで、悲しみが消えたわけではないだろう。陰りを帯びた笑みからもわかる。深い悲しみを抱えながらも、それでも失った人のことを口にしたのは、清香を想ってのことだ。

「清香さんの彼氏さんは、清香さんを否定してばかりのように思います。そんな人とずっと一緒にいて、本当に幸せになれるんでしょうか」

「それは……でも、私が非常識だから、教えようと……」

「だ・か・ら！　清香ちゃんはまだ若いんやで、知らんことあっても普通なの！　それを教えるんと人格を否定するんとでは大違いやで！」

　充美の力説に、三國が「おっしゃる通りです」と大きくうなずいた。

「清香さんは、その人と一緒にいて、自分らしく生きられますか？」

　最初こそぼんやりと聞いていた清香だが、ふたりの言葉がじわじわとしみこんでいったのか、目を見開いて固まった。

「わた、私が……私らしく……」

　震える唇でつぶやく清香へ、三國は優しく微笑んでうなずいた。

「好きという気持ちはとても大切なものだと思います。でも、永《なが》い人生でそれがずっと続くとは限らない。好きに代わる気持ちが――愛や情、尊敬の念といったものを抱ける相手なのか。それをどうか、見極めてください」

「見極める……でも、どうやって……」

「大丈夫やよ、清香ちゃん。清香ちゃんには、最強の味方がおるやんか！」

充美へと振り向いた清香は、「味方……お兄、ちゃん？」と瞳を揺らした。

「でも……いいのかな。お兄ちゃんを頼ってしまって」

「いいに決まっとるやん！　家族なんやよ。一番に頼って当然やよ」

「そうですよ、清香さん。今日だって、お兄さんはすぐに駆けつけてくれたじゃないですか。それだけ、あなたを大切にしているということです」

「きっとお兄さん、清香ちゃんが悩んどるって気づいとるよ。でも、清香ちゃんから話してくれるん、ずっと待っとるんやと思う」

「で、でも……おかしくないですか？　なんでもかんでも兄を頼っちゃうなんて……」

清香の言葉に、充美と三國は「は？」と低い声を出して動きを止めた。しばしの沈黙の後、不安げな清香をなだめるように、ことさら優しい笑みを浮かべて充美は口を開いた。

「あんな、清香ちゃん。どこの誰になにを言われたんか知らへんけど、赤の他人の言葉なんてクソ食らえやよ！　昔から言うやろ？　よそはよそ、家は家って！　すっごい仲の良い兄妹がおったってええんやって」

「そうです！　仲のいい兄妹もいれば悪い兄妹だっている。十人十色。みんな違ってみんないいです！」

「むしろなんも知らんくせに他人の家庭に口出してくんなやボケが！　って言っていい案件やから！」

「あらあら、充美さんったら口が悪いですよ。でも、たしかにそれぐらい言っていいですね」

三國が「うふふ」と口に手を当てて笑うと、充美も「そやろ〜？」と笑い返した。

笑顔で不穏な空気を醸《かも》し出すふたりを見て、清香は今度こそ目から鱗《うろこ》が落ちたという顔で「そっか」とつぶやいた。

「私……もっとひとりで解決できるようにならなくちゃって、思ってました」

「依存して自分でなんにも考えやんだらダメやけどね。周りが手をさしのべてくれるんなら、その手を借りてもいいいと思う。だって清香ちゃんまだまだ若いし」

「そうですよ。私も花江さんに助けてもらってばかりです」

「それを言うなら、健ちゃんなんて商店街のみんなの手を借りとるよ。でも、それでいいんよ。だって、私らが勝手にやっとることやから。今回の、清香ちゃんのこともな」

そう言って、充美は片目をつむる。清香は目を瞬かせた後、「それもそうですね」と恥ずかしそうに微笑んだ。

「私、お兄ちゃんに相談してみます」

瞳に強い光を宿した清香を見て、充美と三國はそれがいいとうなずいた。

清香が前に進めそうだと安堵《あんど》した充美は、密やかに息をついて、空を見上げる。もやの向こうでなお強く輝く月が、清香の未来を明るく照らしてくれることを祈った。


男性より女性の方が風呂が長いとは知っていたが、充美たちが合流したのは、健一が風呂上がりのビールを二杯飲み干した頃だった。

「ごめんな、お待たせ～」

そう言って手を振る充美へ、健一は文句を言いそうになったが、それより早く鯉太郎が「全然待ってないよ」と答えてしまった。

そう言う鯉太郎も店の本棚《ほんだな》から持ってきた小説を半分読み終えるくらい待たされたというのに、むしろ「いい読書時間だったよ」と微笑んでみせる余裕っぷり。これがひとりっ子と兄妹持ちの差か⁉　と、健一は密かにカルチャーショックを受けた。

「お兄ちゃん、その本どうしたの？」

「そこの本棚に並んでたんだよ。僕を健ちゃんの家まで連れていってくれたおじさんが読んでいた本」

持っていた本を清香に渡して、鯉太郎は店端《みせはし》に並ぶ本棚を指さした。

満ちたりの湯にある食事処には、健一たちのように時間を持てあます客を思ってか、読書コーナーが用意されている。食事処とそれ以外を区切る壁代わりに、背の高い本棚がずらりと並んでいるのだ。

並ぶ本の種類も豊富で、少年マンガや少女マンガ、青年マンガの他、新作単行本から定番の文庫本まで、広い範囲の本が取りそろえてある。

「あれ？　この作者さん、よっぽど人気なのかな？　コーナーができてる」

兄妹仲良く本を片付けに行った先で、清香が目を丸くした。彼女が見つめる先には、とある作家の本たちが、本棚三段を占拠して書店さながらの陳列をされていた。

清香の指摘で初めてコーナーに気づいた健一も、「なんだこれ？」と驚きが口からこぼれた。長く満ちたりの湯に通い詰めていたが、こんなコーナーがあったなんてちっとも気づかなかった。

「てか、どうして『絃來田兼人《いときたかねと》』を特集してるんだよ。ここの店員が個人的に好きとか？」

カフェレスト岬に『絃來田兼人』が充実しているのは、ただ単に店主である花江がこの作家の大ファンだからだ。ドラマ化やアニメ化した作品はあれど、大きな賞をとったわけでもなく、出版されているレーベル内では有名なほう、という程度だった。

首を傾《かし》げる健一を見た充美は、「ええ〜、知らないの？」と声をあげた。

「この作者さん、伊勢出身なんやよ。市内の本屋さんではどこでもコーナーができとるくらい有名な話やで」

「は？　え？　それどこ情報？」

「賞とってデビューが決まったとき、紹介文に書いてあったんやって。三重県伊勢市出身って」

「デビューしたときって……結構昔だな。覚えてないや」

健一が把握《はあく》している限り、『紘來田兼人』は個人情報を一切明かさない覆面作家だった。まさかデビュー時点で出身地が漏《も》れていたとは、思いもしなかった。

「なるほど。だから花江さんのお店にもこの人の本が充実していたんですね」

両手を叩いて納得する三國へ、健一はすぐさま「いや、母さんの場合は、ただ単にこの作者のファンってだけだよ」と否定した。なんてったって、既刊の初版どころか重版まで網羅《もうら》して持っているのだから――と、心の中だけで付け足しながら。

「ミステリーからファンタジー、ラブコメまで……この人いろんなジャンルを書いてるんだね」

本棚に並ぶ作品たちにざっと目を走らせた後、清香は自らが手に持つ本を見つめた。

「好きな人がお兄ちゃんになっちゃう話かぁ。びっくりするよね。大好きな人が、いろいろ飛びこえて家族になるんだもん」

誰に聞かせるでもなくこぼれた清香の言葉に、隣に立つ鯉太郎が「本当だね」とうなずいた。それを見た充美と三國は互いに目を合わせた後、改めてふたりの背中を見つめた。

「なぁ、全員風呂から上がったことだし、閉店時間も近いからさっさと帰ろうぜ」

いまにもなにか口にしそうな充美たちを押しとどめるように、健一はことさら軽い声をかけた。全員が壁に掛かる時計を見る。まもなく夜中の一時をまわろうとしていた。

「あ、やばっ。明日は朝からブーケの仕上げせなあかんのに。でも、アイスだけ買わせて！」

そう言って充美がアイスクリームの自販機へ駆け出すと、清香が「私もっ！」と言って後に続いた。残された健一たちは顔を見合わせ、結局二人に続いてアイスを買うことにした。自販機には、モナカアイスやアイスバー、コーンタイプなど、ラインナップが充実している。皆それぞれ好きなものを買う中、健一はいちごモナカを買うことにした。

自販機前のソファに腰掛けて、アイスを箱から取り出す。ビニールの包みを開いたら、ぷわんといちごの香りがした。思いのほかサクサクしたモナカをほおばると、いちごの香りと甘みが広がる。このなんとも言えないチープな甘さと冷たさが、風呂上がりの疲れた身体《からだ》にしみた。

ふと、隣の充美を見れば、彼女なりに急いでいるのか、小さな口でパクパクとアイスバーをかじっていた。

「明日早いって、結婚式か？　コンスタントにアレンジの仕事が入るようになったな」

振り向いた充美は、口の中のアイスを飲み込んでから答えた。

「お店の経営はお兄ちゃんがになっとるからね。私は私でできることを増やさんと、ずっとあの店におれへんくなるやろ」

答えるなり、またアイスにかじりつく。まだまだ固いアイスにスプーンを突き刺そうと悪戦苦闘していた清香が、反対隣から話しかけた。

「兄妹でお花屋さんをやられているんですか？」

「うん。もともとは両親がやっとったんやけど、いまは私らがメインで、お父さんらはサポートって感じ」

「一緒にお店をやるって、すごく仲がいいんですね」

「そうでもないよ？　ただ単に、私もお兄ちゃんもあの店が好きってだけ」

「ケンカするほど仲がいいってやつだな。ほら、猫とネズミが出てくるあのアニメみたいな」

健一がアニメのオープニングで流れる『仲良くケンカしな』のフレーズを口ずさむと、清香たちはそれぞれ視線を彼方《かなた》へ飛ばしながら「なるほど」とうなずいていた。

「みんながなに想像しとるんか、考えたくない……」

「でも、実際否定できないだろ」

図星だったのだろう。充美は奥歯にものが挟まったような顔でうなったのだった。


充美の運転でカフェレスト岬まで戻ってきた健一たちは、充美にお礼を告げて中へ入った。

店内の明かりはすでに落ちていたが、カウンター内の電気はついており、明日の仕込みをしていたらしい花江が、健一たちに気づくなり「おかえり」と笑みを見せた。

「客間に布団を敷いといたから、健一、案内したって」

「いろいろとお気遣いありがとうございます」

花江の気遣いにお礼を言う鯉太郎たちの横をすり抜けて、三國がカウンター内へと急いだ。

「花江さんにばかり任せてしまってすみません。あの、明日の準備は私がしますから……」

「あらぁ、ええんよ。いつも一杯頑張ってくれとるんやから、ゆっくりするときは思いっきりゆっくりせな。あぁ、でもそうやね。三國さんには、清香さんにパジャマを渡してもらえるやろか。鯉太郎くんの分は健一の部屋から勝手に拝借したんやけど、さすがに三國さんのタンスをあさるわけにはいかへんやろ？」

いい歳《とし》をした息子のタンスを勝手にあさるのもどうなんだ、と思わなくもなかったが、状況が状況だったので、健一はなにも言わないでおいた。

「わかりました。まずは清香さんたちを客間へ案内してから、パジャマを持っていきますね」

「それなら、俺が客間へ案内するよ。三國さんは先にパジャマを持ってきて」

はいと立候補するかのように、片手を軽く持ち上げて健一が言った。三國は健一の顔を見て数回瞬き、「そうですね。お願いできますか」とうなずいてバックヤードへと入っていった。

「んじゃ、俺たちも行きますか」

鯉太郎と清香に声をかけて、健一もバックヤードへ繋《つな》がるカウンター横の通路へ入る。

カフェレスト岬は、カウンターの一番左端、レジの横にスイングドアがあり、そこからまっすぐ奥へ進むとバックヤード、住居入り口へと通路が続いている。バックヤードと住居を申し訳程度に分けるのれんをくぐれば、土間の細道に縁側と、がらりと様相が変わった。

縁側の内側、昭和感漂う格子《こうし》のガラス戸を開くと八畳《じょう》一間のこぢんまりとしたリビングがある。キッチンダイニングは喫茶店《きっさてん》があるからと潔《いさぎよ》く斬り捨てて、テレビとローテーブル、ビーズクッションくらいしかない畳《たたみ》部屋だった。学校から帰ってきた健一がひとりでさみしくないように、という両親の考えからこうなったらしい。

健一はリビングへはあがらず、細道を進んでいく。突き当たりには上がりかまちと、左壁に靴箱《くつばこ》という、少々小ぶりな玄関があった。

上がりかまちをのぼると右側に廊下《ろうか》が続いており、右手に先ほどのリビングへ繋がる扉が、突き当たりには二階へと続く階段がある。

二階にはお風呂や洗面といった水回りと客間、三階は各個人部屋となっている。今回ふたりを泊める客間は階段を上ってすぐの部屋で、ふすまを開くと、花江の言っていた通りすでに布団が二揃え敷いてあった。

「それじゃあ、ゆっくりしていってくれ」

「あぁ、なにからなにまで申し訳ない」

「ありがとうございます」

また深々と頭を下げるふたりに手を振って、健一は三階へ続く階段へと向かった。ちょうどパジャマを持った三國が降りてきたので、視線が合ったふたりは軽く会釈《えしゃく》をしてすれ違う。

「あの、清香さん。こちらを使ってください」

「三國さん、すみません。ありがとうございます」

三國と清香の会話を背中に聞きながら、健一は階段を上がったのだった。


名古屋に暮らす鯉太郎からすると、伊勢で過ごす夜は静かなものだった。幹線道路が近いから車の音がうるさいかも、と健一は気にしていたが、時折車の走る音が遠く聞こえるくらいで、近くの線路を貨物列車が走り抜けることもなく、遠くから響くカエルの合唱が聞こえるくらい、静かな夜だった。

布団の中で仰向《あおむ》けになって、真っ暗な天井を黙って見つめる。あまりの静けさに、隣で眠る清香の息づかいさえ聞こえてきそうだと思った、そのときだった。

「お兄ちゃん、起きてる?」

声をかけられ、鯉太郎は左へ振り向いた。口元まで布団を被《かぶ》り、目元だけをのぞかせた清香が、身体ごとこちらを向いてじっと見つめていた。

「眠れない?」

「……うん。やっぱり、いろいろ考えちゃうっていうか、お兄ちゃんと話がしたくて……」

「そっか」と答えて、鯉太郎は寝返りを打って清香へと向き合った。

「いいよ、話をしよう。清香の話ならいくらでも聞くし、逆に聞きたいことがあるならなんでも答えるよ。健ちんにも、もっと話し合えって言われたしね」

「お兄ちゃんも言われたんだ。あのね、私も充美さんと三國さんに言われたの。お兄ちゃんに相談した方がいいって」

鯉太郎が黙ってうなずいて先を促すと、いまだ迷いがあるのか、清香は視線を落として押し黙る。しばしの逡巡《しゅんじゅん》の後、こちらを見つめ返した清香の目には、彼女らしい、まっすぐな光が宿っていた。

「あのね、私、昔から同級生とはうまく付き合えなくて……。上でも下でも、学年が違えば仲良くできるんだけど、どうしても同級生とはかみ合わないっていうか、なんとなくしっくりこない感じがして。それなりに仲良くなれるけど、特別仲のいいお友達って本当にいなかったの」

確かに、清香は昔から部活の先輩や後輩と遊んでばかりだった。部活のない小学生の頃など、ほとんど鯉太郎と一緒にいたはずだ。

「それなりに仲良くはできていたから、不自由は感じてなかったんだけど、どうしてかなってずっと疑問だったの。みんなと壁を感じちゃうのは、私がおかしいのかなって」

その疑問は解消されないまま、清香は高専を卒業し、いまの職に就《つ》いた。そしてあのクソ野郎――外城田雄大が教育係になった。

「雄大にね、初めて面と向かって言われたの。おかしいよって。そのとき私、怒るどころか納得しちゃって。自分のだめなところを直したくて、指摘してくれることが嬉しくて付き合い出したんだ。だけど……」

言葉を詰まらせた清香は視線を落とし、布団を引きよせてまた口元を隠した。

「こーちゃんのことを否定されて……どうしたらいいのかわからなくなった」

こーちゃん、とは、鯉太郎のことだ。両親が結婚するまで、清香はずっと鯉太郎のことをこーちゃん、こーちゃんと呼んでいた。

兄妹が大人になってもずっと一緒にいるなんておかしい。仲がいいなんておかしい。なんでもかんでも頼りすぎるのはおかしい。もっと自立しろ、自分で考えろ、わからないなら兄ではなく俺に聞け――自分を真っ先に頼るようにしろという、雄大の傲慢《ごうまん》な考えから出てきた言葉だったのだろう。清香を否定して依存させる魂胆《こんたん》だったのかもしれない。鯉太郎は怒りがこみ上げてきたが、必死に抑えこんで清香の言葉に意識を集中させた。

「私の記憶の中にはね、ずっとずっと、こーちゃんがいるの。大げさかもしれないけど……私の人生からこーちゃんを消しちゃったら、ほとんどなにも残らなくなるっていうくらい、ずっとずっと一緒にいた記憶しかないの」

清香は父親とふたり暮らしだったから、鯉太郎以上にひとりで留守番する時間が長かった。そんな彼女を心配した母が、父親が帰るまで清香を家で預かっていたこともあり、本当に、離ればなれの時間は夜と学校ぐらいだったのではというくらい、ふたりは一緒にいた。

「だから……こーちゃんと一緒にいる私を否定するってことは、私自身を否定するみたいなもので……もう、足下がなくなったっていうか……なにもわからなくなっちゃったの」

最初こそ反論することもあった清香だが、昔から人間関係に悩んでいたことと、仕事を雄大に教わってきた信頼から、徐々に口答えする気力もなくなっていったという。

しかし、今回の旅行で久しぶりに反論してしまい、結果、車から押し出されて置き去りにされるという事態に陥《おちい》ったのだった。

清香の変化に気づいていた鯉太郎は、やはり行動するべきだったのだと、思わず手を伸ばして清香の頭を撫《な》でた。

唐突《とうとつ》な鯉太郎の行動に清香は目を瞬かせていたが、振り払うことはせず、まるでもっと撫でろと言わんばかりにうつむいた。

「やっぱり、こーちゃんと一緒が一番ほっとする。あのね、置き去りにされたこと……実はよかったと思ってるんだ」

見知らぬ土地で荷物もお金も連絡手段もなく置き去りにされて、それのどこがよかったというのか。鯉太郎の疑問が言わずとも伝わったのだろう。清香は撫でる手の向こうからきらりと目を輝かせた。

「充美さんや三國さん、こーちゃんのお友達もそのお母さんも、駐車場のおじさんだって、みんなみんな、雄大がおかしいって言ってくれた。それを聞いて、やっぱりそうだよねって思ったの。そしたら一気に視界が開けたっていうか、頭の霧が晴れたっていうか……いろいろとどうでもよくなっちゃった」

そう言って、清香は勝ち気に笑った。鯉太郎の記憶の中の清香が、よく浮かべていた笑顔とまったく同じだった。

あぁ、帰ってきた――安堵《あんど》のあまり涙がにじみそうになった鯉太郎は、ぐっとこらえてかみしめた唇を、無理矢理笑みの形にした。

そんな鯉太郎の様子をじっと見つめていた清香は、ためらうように視線を横へそらしてから、「あのね……」と改めて目を合わせた。

「私、こーちゃんとこれからも一緒にいたい。いい歳した妹がくっついてまわるのは迷惑かもしれないけど……傍にいても、いいかな？」

「いいに決まってるだろ！」と声をあげて、鯉太郎は布団を押しのけて飛び起きた。あまりの勢いに、驚いた清香も上半身をおこす。啞然《あぜん》とする彼女へ、鯉太郎は言い切った。

「誰がなんと言おうと、清香を守るのは僕の役目だ！　なにがあろうと僕は清香を守るし、清香の一番の味方でいる。たとえ清香がもういらないって言っても、絶対にそれは変わらない！」

雄大が植え付けた不穏の種を吹き飛ばすように、鯉太郎は力強く言い放つ。鯉太郎の啖《たん》呵《か》を呆然《ぼうぜん》と聞いていた清香は、「こーちゃんったら……」と笑おうとして、けれど、笑顔はひしゃげて涙で濡れた。

「いらないなんて、言うわけないじゃんっ……」

両手で顔を覆《おお》って、震える声で答える。鯉太郎はそんな彼女の手を取り、自らの両手で包んだ。

「ごめんな、清香。もっと早く話を聞くべきだった」

「ううん。こーちゃんになにを言われても、聞かなかったと思う。赤の他人である充美さんたちに言われたから、私は目が覚めたんだ」

「そっか……じゃあ、ほんとに置き去りにされてよかったのかも」

思わずつぶやくと、清香がふふふっと笑う。

「試食を勧めてくれた干物屋《ひものや》のおじさんにも感謝しないと。あれがきっかけでケンカになったもの」

「ケンカして置き去りにされた先で僕の友達に会うなんて……すごい偶然だよね」

「もしかしたら、神宮《じんぐう》の神様が導いてくれたのかも」

「だったら、明日お礼を言いに行かないとね」

「そうだね。そうしよっか」と答えて、ふたりは顔を見合わせて笑い合った。

明日もたくさん歩くだろうからと、長話をやめて布団に入ったふたりは、晴れやかな顔で目をつむる。この時間、県道を走る車はなく、遠くから聞こえてくるカエルの合唱を子守歌に、ふたりは眠りについたのだった。


モーニングを提供するカフェレスト岬の朝は早い。個人経営なのできっちりと営業時間が決まっているわけではないのだが、朝八時には営業している。

「おはようございまぁす！」

朝の八時半に店まで降りてきた健一は、朝の霞んだ空気を吹き飛ばす元気な挨拶《あいさつ》に迎えられた。半ば反射で「おはよう、ございます……？」と答えた健一だが、寝ぼけた頭には現状が理解できず、首を傾《かし》げる。

「あのさ、どうして清香ちゃんが店番してるの？」

見間違いかと目をこすっても、見えるのはカフェレスト岬のエプロンを着けて水を運ぶ清香の姿だった。

「一宿一飯の礼ってやつです！」

朝一番には少し重たいくらい威勢よく答えて、清香は席に着く客のもとへと水を運んでいく。お客への声かけや慣れた手つきで水を出す様子から、接客経験があるのだとわかった。

「健ちん、おはよう」

ぼんやりと清香を観察していたら、近くから声が掛かった。誘われるまま視線を向けると、カウンターでコーヒーを飲む鯉太郎が、おいでと手招きしていた。

「鯉太郎、おはよぉー……」

自分の特等席であるカウンターの左端の席に腰掛けた健一は、朝の挨拶をしながらテーブルに突っ伏した。

「健ちん、相変わらず朝が弱いね。こんなゆっくり起きてきて、仕事は大丈夫なの？」

「駐車場の仕事は九時からだから大丈夫ー……」

健一たち駐車場係員の勤務時間は、朝九時から午後三時までと、午後三時から夜九時までの二種類だ。開場、閉場準備もなければ食事休憩《きゅうけい》もない。その代わり、待機時間は持ち場を離れなければ好きにしていい、というざっくり運営となっていた。

「徒歩数分で着くし、ゆっくりご飯食べても問題ないない」

テーブルに突っ伏したまま、健一が片手をひらひらと揺らしていると、カウンターの内側から「朝ご飯、どうぞ！」と明るい声が掛かった。

顔をのそのそとあげると、やはりというべきか、トレイを持った清香が満面の笑みでカウンター内に立っていた。

健一が身を起こして場所を空《あ》けると、清香はテーブルに朝食が載ったトレイを置く。今日の朝食は、鮭の切り身とだし巻き玉子、小松菜《こまつな》のおひたしに納豆、味噌汁、雑穀米《ざっこくまい》と、これぞ日本の朝食といった内容だった。

「たくさん食べて、お仕事頑張ってくださいね！」

「あ、はい……」

満足そうにうなずいて、清香は別のテーブルの片付けに向かう。その背中を見送って、健一はひとつ息を吐いた。

「おい、鯉太郎。清香ちゃんどうしたの？」

「え？　さっき言ってたじゃない。一宿一飯の礼だよ。昨日お世話になったお礼に、ちょっとだけお店のお手伝いをさせてもらっているんだ。まぁ、これだけで返せる恩だなんて、全然思ってないんだけどね」

「いやいや、だから言っただろ、これは久しぶりに会った友達をもてなしただけだって」

「そうだとしてもさ、どうしてもお礼がしたかったんだよ。あと、清香はやりたいと思ったらすぐに行動しちゃう子だから」

店の中をちゃきちゃきと動く清香を視線で追って、鯉太郎は柔らかく微笑《ほほえ》んだ。

その表情で、ふたりの対話がうまくいったのだと察した健一は、「そっか」とだけ答えて、鮭の隣に鎮座するだし巻き玉子を口にする。じんわりと拡がる出汁《だし》の香りと甘じょっぱさに、「うん〜まい」と声を漏《も》らすのだった。


「それじゃあ、健一。ふたりをちゃんとお見送りしてよ」

「おふたりとも、ぜひ伊勢観光を楽しんで帰ってくださいね」

「花江さん、三國さん、本当にお世話になりました。充美さんにも、どうぞよろしくお伝えください」

「いろいろとよくしていただいて、ありがとうございました。また後日、お礼にうかがいます」

八時五十分過ぎ。出勤する健一にくっついておいとますることにした鯉太郎たちを、花江と三國が店の外まで見送りに出た。そんなふたりに、鯉太郎と清香は改めて深々と頭を下げた。

「お礼なんてええにええに。いつかまた伊勢に遊びに来たときにでも、元気な顔を見せてな」

花江の提案に、隣の三國も「そうですね」と笑顔でうなずいた。

まだまだ別れがたい気持ちはあったが、これ以上長居しては仕事に遅刻してしまう。渋々と、健一は鯉太郎を促し、花江と三國に見送られながらカフェレスト岬を離れた。

鯉太郎たちの今日の予定は、改めてふたりで伊勢観光を楽しむ、ということだったので、健一は最寄りのバス停まで案内することになっていた。

最寄りのバス停は、商店街と平行して伸びる県道にある。つまり、健一の勤務地である駐車場内の一角、駐車場の一部を抉《えぐ》るようにバス停があった。

健一たちはいったん岡島に挨拶と先日のお礼、そして少しの間仕事を離れる許可をもらってから、バス停に向かった。

「一時間に、一本……？」

「田舎《いなか》なんて、どこもそんなもんだよ」

バスの少なさに驚く鯉太郎へ、健一は冷静に車社会の現実を諭《さと》す。一家庭一台どころかひとり一台が普通の場所で、バスに乗ることなんて滅多《めった》にない。

「お正月は⁉　駐車場とか混むでしょう。お参りどうするの？」

「まず、混雑する時期に外宮内宮《げくうないくう》には近寄らない。お参りは平日に行くとか、時間をずらせばいいしな。俺の家は早朝に行ってたぞ、初詣《はつもうで》」

基本的に日の出、日の入りに合わせて参拝時間が決まる神宮だが、年末年始の間は特別に二十四時間いつでも参拝できるようになっている。健一が小学生の頃、父と母と三人、夜が明けきる前に参拝しに行ったものだ。

「このあたりは地元民が主な客層だからな。神宮以外の場所へ向かうバスがメインなんだよ。伊勢市駅まで行けば、観光客向けに外宮、内宮経由のバスがちらほら増えるはずだ」

説明しながら、健一はスマホで伊勢市駅のバスの時刻表を調べる。予想通り、伊勢市駅発の内宮行きバスがあった。

「どうする？　いったん伊勢市駅まで歩くか？　ここで待つより、そっちの方が早そうだぞ」

「うーん……そうだねぇ。ここから伊勢市駅まで、歩いて数分だしね」

そう言って、健一と鯉太郎はスマホから顔を上げて県道沿いに視線を左へ動かしていく。多少距離はあるが、伊勢市駅が見えた。

「迷う心配もないし、歩こうかな。ねぇ、清香。それでもいい？」

健一たちの後ろで話を聞いていた清香は、鯉太郎の問いかけに笑顔でうなずいた、そのとき――

パッパッという、短いクラクションが背後で響いた。

三人がそれぞれ視線を向けると、バス停の背後、駐車場から続く通路に、白のＳＵＶ車が停止していた。

「あ」と、健一と清香の声が重なる。と同時に、エンジンが掛かったままの車から、男性が降りてきた。紺《こん》に白のラインが入ったポロシャツに細身のチノパンという、カジュアルながら落ち着きのある服装の男は、健一たちと一緒にいる清香を見て眉《まゆ》をひそめたが、すぐに笑みを浮かべた。

「おい、清香。迎えに来てやったぞ」

「迎えにって……私をここに置き去りにしたのは雄大でしょ」

「お前が意地をはるから、お互いに頭を冷やす時間を作っただけだろう。せっかく旅行に来たのに、ケンカしたままだとだめだと思って、迎えに来てやったんだ。さぁ、一緒に帰ろう」

優しい声音《こわね》でさも君を思って迎えに来ました、という風を装《よそお》っているが、ところどころ恩着せがましい言い方をしているし、そもそも自分が置き去りにしておいて「頭を冷やせ」だなんて、よく言えたものである。

嫌悪感から健一の顔がゆがむ。隣の鯉太郎にいたっては表情が抜け落ちていた。人間、怒りすぎると表情が消えるんだな、と余計なことを考えている間に、清香が「嫌よ」と答えた。

「旅先に置き去りにするような奴と一緒になんていられるはずないでしょ！」

きっぱりと言い返す清香に、雄大は笑顔のまま「ちっ」と小さく舌打ちした。もしかしたらこっそり舌打ちしたつもりかもしれないが、ばっちり聞こえた。

「置き去りだなんて……俺はただ、お互いに苛立《いらだ》っていたから、少し距離を置いて冷静になりたかっただけなんだ。あの後も、迎えに来たんだぞ？　なのにお前がいないから……心配したんだからな」

嘘である。清香を保護した後、岡島は十一時半くらいまで雄大が戻ってこないか待ってくれていた。その後も、充美の車が商店街の駐車場に停めてあるため、行きも帰りも駐車場を歩いたが、それらしい車はなかった。もし深夜に来ていたとして、そんな時間まで女性を着の身着のまま放置する時点で、アウトだろう。

健一たちから冷めた目で見つめられて、自分のウソがばれていると気づいたのだろう。まるでメッキがはがれるかのように、雄大の表情から笑顔が消え、「早く乗れって言っているだろう！」と怒りの表情で近づいてきた。清香の腕をつかもうと伸ばす手を、鯉太郎が払いのける。

「……はぁ？　どちら様ですか？　関係のない方は黙って――」

「初めまして。清香の兄です」

雄大の声を打ち消すように、鯉太郎が、静かに、しかしながら鋭い強さを持って告げた。

「え……あ、兄？」

赤の他人だと思っていた人間が身内だったと知り、雄大は目に見えてうろたえ出した。が、軽くかぶりを振って立て直すと、へらりと笑った。

「これはこれは……お兄さんでしたか。お兄さんからも言ってくださいよ。仲直りしようと迎えに来た恋人を、無下《むげ》にするもんじゃないって。年上を立てるって、社会人なら当然ですよね？」

「たしかに、年上の方にはそれなりの敬意を払うべきですけど、社会に出ればなおさら、年上というだけですべてが優先されるわけではないでしょう。年上の部下も珍しくありませんしね」

　鯉太郎の反論を聞き、雄大は「あぁ」と目を細めて笑った。

「あなたの学歴レベルで入れる会社なら、そういうことも珍しくないんでしょうね」

「学歴？　なぜ突然そんな話題が出てくるのでしょう。関係ありますか？」

「あぁ、はいはい。社会に出れば学歴なんて関係ないって？　学歴コンプレックスがある奴ほどそういうこと言いますよね。どうせお兄さんも高卒なんでしょ」

「いいえ、大卒ですが」

　なぜここで学歴の話題が出るのか——理解できないながらも、悪意は感じるのだろう。眉をひそめて首を傾《かし》げる鯉太郎を、雄大ははっと鼻で笑った。

「大学って言っても、ピンからキリまであるから。どこの大学か、教えてくれますか？　知ってる大学だといいんですけど——」

「W大です」

いやらしい笑みを浮かべてなにやら得意げに語っていた雄大だが、かぶせるように告げた鯉太郎の答えを受け、「……は？」と声を漏らして顔をひきつらせた。

「え……Ｗ？　Ｗ大⁉」

驚く雄大に、清香が本当だとうなずく。鯉太郎にはなぜ雄大がここまで大げさに驚くのか不思議に思えるだろうが、清香から話を聞いていた健一は、こんなときも学歴マウントを取ろうとするんだなぁと、呆《あき》れた。

「そ、そんな……Ｗ大……」

「そんなに驚くことですか？　清香が卒業した高専は、周辺の進学校より偏差値《へんさち》は高いんですよ。その兄である僕がそれなりの大学に通っていたって、不思議じゃないでしょう」

高専＝大学より下と思っていた世間知らずな雄大にはわからなかったんだろうなぁ、と健一は思う。

先ほどまでの威勢はどこへやら、雄大は視線をさまよわせて一歩下がる。兄の登場よりも学歴に対して衝撃を受けている様子から、雄大の人間性がうかがい知れた。

健一は呆れながらも、鯉太郎の隣に立って清香を背に庇《かば》った。

「どうも。俺は鯉太郎の友達。昨日あんたに置き去りにされた清香ちゃんを保護して、兄である鯉太郎に連絡したんだよ」

片手を挙げて自己紹介すると、背中からひょっこり顔を出した清香が「お兄ちゃんとは大学の同期だったんだって。世間って狭いよね」と補足した。確かに、旅行先で兄の大学の同期と、しかも同じサークルに所属していた友人と出会うなんて、世間は狭いなぁと健一はしみじみ感心してしまった。が、雄大は「はあぁ⁉」と目を剝《む》いて叫んだ。

「どど、どうしてW大出た奴がこんな田舎にいるんだよっ」

「いや、大学卒業後に地元戻るなんて、珍しくもなんともないだろ」

「ほんとにね。それを言うなら僕も地元戻った組だし」

健一と鯉太郎は顔を見合わせ、「ねぇ〜」と声を揃えた。その後、ふたりして雄大を見つめる。

「妹から話は聞いております。清香がいつもお世話になっているようで」

「あ。いや、その……」

「先ほどから出身大学をやたらと気にしているようですが、ここはやはり、こちらからも出身大学をおうかがいするべきなんでしょうか」

雄大の心のうちなどしらない鯉太郎が、善意からそう問いかけるも、雄大は無言で首を振るだけ。その様子から健一は、W大相手ではマウントは取れないんだな、と察した。

「あ、あぁぁお、おいっ、清香！　お前は俺と旅行中だろうが！　迎えに来てやったんだからさっさと車に乗れ！」

とうとう耐えきれず清香に矛先《ほこさき》を向けるも、彼女は「だから、乗らないって言ってるでしょう！」とつっぱねた。

「そんなこと言って平気なのかよ、別れるぞ！」

「それで結構。というか、あんなことをしておいて、どうしてまだ好かれているって思うのかしら。百年の恋も冷めるわよ。さようなら」

　腕を組んで、清香はそっぽを向いた。そんな彼女を背中に庇う健一たちも、うんうんと仲良くうなずいた。

「そんなっ……おい、いいのか⁉　お前みたいな低学歴の役立たず、俺の助けがなかったら仕事ひとつまともにできないだろうが！」

「もう新入社員じゃないんだから、雄大の手を借りなくたってある程度の仕事は回せます。というか、私たちいまは全く別の部署じゃない」

　てっきり同じ部署だと思っていた健一は、鯉太郎へと振り向く。目が合った彼は、そうだよと首肯《しゅこう》した。

　毅然《きぜん》とした態度を崩さない清香に、雄大は悔《くや》しそうに歯がみしていたが、ふんと鼻を鳴らしてふんぞり返った。

「あぁ、どうせお兄ちゃんに助けてもらうんだろう？　あれだけ俺が教えてあげたのに、結局お兄ちゃんにべったりに戻るのか。これじゃあいつまで経っても自立できないなぁ。お兄さんだって、迷惑してるんじゃないですか？」

「いえ、全然。僕は清香を守り続けると決めているので、問題ありません。むしろ、あなたと付き合い出してから清香がおかしくなったと、家族全員で心配していました」

鯉太郎だけでなく、両親まで心配していたと知り、清香ははっとした顔で鯉太郎を見つめる。ちらりと振り返った鯉太郎は、安心させるように笑いかけた。

優しい笑みに勇気づけられたのか、清香は両手を握りしめ、雄大をにらんだ。

「たしかに私はまだまだ新人だけど、社会人として自分でお金を稼《かせ》いで、生活費もちゃんと出してる。実家暮らしではあるけど、まったく自立していないわけじゃない！　それに、家庭ごとに家族の在り方は違うんだから、いちいち口を出してこないで！」

よく言った！　と、健一は思わず拍手をしてしまった。

一歩も引かない清香と、彼女を守るように立ちはだかる鯉太郎。そしてそんなふたりを支持する健一を見て、分が悪いと思ったのだろう。雄大は「クソ！」と捨てゼリフを吐いて背を向けた。どすどすと音がしそうな勢いで歩き、ドアノブに手をかける。

「あぁっ、泥棒――――！　この人泥棒です！」

瞬間、車の背後から鋭い声がとんできて、驚いた雄大が一歩飛び退いた。この場にいた全員が声の方へと振り向くと、車の後ろ、商店街へと繋《つな》がる脇道の傍で、充美が険しい顔で雄大を指さしていた。背後にはなにやらスマホを構えた岡島もいる。

「はぁ⁉　いったいなんなんだよ、これは俺の車――」

「他人の財布やスマホを車に乗せたまま逃げようとしてます！　岡島さん、動画撮っとる⁉」

構えたスマホは、撮影中だったらしい。岡島はそれはもう良い笑顔で「おう、ばっちりや」と答えた。

「おまわりさ――――ん！　ここっ、ここに！　ここに泥棒がいますぅ――――！　他人のカバン持ち逃げしようとしてますぅ――――！」

充美は口元に手を添え、腹の底から叫んだ。県道を通る車の走行音などものともしない、透き通った芯のある声を出す彼女が見つめるのは、商店街の終点に居を構える交番だった。

交番の正面が県道と駅に向けて斜めに作られているため、こちらからは交番の中の様子はわからない。が、白い建物の壁についた赤いランプと駐車場の終点に並ぶ警察車両を見て、雄大は状況を理解したのだろう。大慌てで車の扉を開き、そこから旅行カバンや手提げバッグを引っ張り出して地面にたたきつけた。

「こ、これで全部だから！　俺は泥棒なんかじゃねぇよ。クソッ……こんな町二度と来ねぇかんな！」

「おう、二度と来やんでよろしい」

情けない雄大の捨てゼリフに、カメラを構えたままの岡島が淡々と答えた。わざわざ答えてあげる岡島の優しさに感心する健一と違い、雄大はぎりぎりと歯がみをしながら車に乗り込んでしまった。どうやら優しさが伝わらなかったらしい。

遠ざかっていく車を全員が黙って見つめていると、ぷっ、という誰かの声を皮切りに全員が声をあげて笑った。

「なにあれ？　警察呼ばれて慌てて逃げるって、自分が泥棒だって自覚あったんじゃない」

「ほんまになー。他人様《ひとさま》の荷物を投げ捨てるなんて、どこまでもクソやな、あの男。清香ちゃん大丈夫？　化粧品《けしょうひん》とか割れとらへん？」

荷物を回収する清香の傍に膝をつき、充美もハンドバッグから散らばってしまった小物を回収する。

「大丈夫。プラスチック容器しかないから。それより、充美さん、荷物を取り返してくれてありがとうございます」

小物を受け取った清香は、改めて充美に頭を下げた。充美はあっけらかんと笑って手を振った。

「そんな、いいよぉ。ただたんに私がクソ男に一泡《ひとあわ》吹かせてやりたかっただけやし。それより、清香ちゃんの見送りに間に合ってよかったぁ」

充美と清香は、そのまま今日の予定について話し始めた。その傍で、鯉太郎が岡島にお礼を言う。

「岡島さん、二度ならず三度も助けていただいて……本当にありがとうございます」

「ええにええに。撮影する振りしとっただけやしな。それよりも、妹さんは大丈夫なんか？　あのクソ野郎と同じ職場なんやろ？」

「あぁ、それなら心配いりませんよ。こちらに考えがありますので。まぁ最悪、転職すればいい話ですしね。大丈夫。清香を養うだけの収入はあります」

そういえば、鯉太郎が就職したのはそこそこ大きい企業だった。雄大は馬鹿にしていたが、鯉太郎の会社の方がずっと規模が大きい。二十代後半ともなると、会社でそれなりの地位を得ているのかもしれない。

鯉太郎の頼もしさに感心していると、なにを勘違いしたのか、岡島さんが健一の肩に手を乗せて「健ちゃんはまだまだこれからや。頑張れ」と応援してきた。

「え？　あー、うん。まぁぼちぼち頑張りますね」

健一の気のない返事を、岡島は「健ちゃんらしいや」と笑い飛ばした。

「あ、ねぇねぇ、清香ちゃんのお兄さん。今日どこへ行くか、具体的な場所って決めてます？」

清香と話し込んでいたと思った充美に、唐突《とうとつ》に声をかけられ、鯉太郎は面食らいながらも「い、いいえ」と首を横に振った。

「そやったらさぁ、厄払《やくばら》いに猿田彦神社《さるたひこじんじゃ》行ってみたら？　道開きの神様でね、厄払いの他に家内安全《かないあんぜん》や商売繁盛《しょうばいはんじょう》とか、なんでも司《つかさど》っとるすごい場所やよ」

「内宮や外宮が俺たちの人生全体を大きく照らしてて、猿田彦神社が俺たちの生活に寄り添うみたいなイメージだな。結婚式とか、外宮内宮ではできないんだよ。伊勢では猿田彦神社でやるんだ」

「そこにな、仕事運とか友人関係とか、いろんな縁をいい方向に導いてくれる神様がおるんよ。猿田彦神社で悪縁切って、敷地内の佐瑠女神社《さるめじんじゃ》で良縁引きよせよう！」

　充美が両手を握りしめて力説すると、話を聞いていた清香も目を輝かせ、「そうする！」と同じように両手を握った。

「じゃあ、決まりだな。猿田彦神社は内宮の手前にあるから、内宮行きのバスに乗ればたどり着けるよ」

　健一はスマホでバスの路線図を検索し、鯉太郎に説明する。どこへ行くにしろ、いったんは伊勢市駅まで移動するしかなく、ふたりはここでバスを待たずに歩くことにした。

「それじゃあ、今度こそ、またな」

「うん、健ちゃんには本当にお世話になったよ。ありがとう」

「充美さん、またいつか遊びに来ますね」

「いつでもおいで～。今度はうちの店にも遊びに来てな」

　それぞれに別れの挨拶《あいさつ》をして、鯉太郎と清香は歩き出した。置き去りにされたときには持っていなかった大きなショルダーバッグを、鯉太郎の肩に提げて。

ふたりの背中がある程度小さくなるまで見送ってから、健一は「……おい」と隣の充美へ振り向いた。

「お前、わざとだろ」

健一がじとりとにらんでも、充美は動ずることなく、遠ざかっていくふたりを見つめたまま「なにが？」と答えた。

「佐瑠女神社……たしかにいろんな縁をつなぐ神様だけどさ、一番は縁結びだろ。お前、あのふたりがくっつけばいいいって思ってんのか？」

「思っとるよ？　だって、あのふたり血が繋がってへんやろ」

振り向いた充美の表情に、迷いはうかがえなかった。清香に打ち明けてもらえるほど仲良くなったのかと健一が驚いていると、充美はいたずらな笑みとともに舌をちろりと見せた。

「勘やよ、勘。女の勘ってやつ？　ほら、鯉太郎さんが銭湯で読んどった本があったやろ。あれについて話しとるときのふたりの様子からな……あぁ、このふたり、主人公たちと同じ境遇なんやろなぁって、思ったん。間違っとった？」

「うんにゃ、たぶん正解」

健一は頭をかいて空を見上げた。『たぶん』と付け加えたのは、ふたりが互いを異性として見ているのかどうか、きちんと本人たちから聞いていないからだ。

でも、そうだったらいいなぁと、健一は思う。

「ただなぁ、本人たちが望んでならまだしも、こんなだまし討《う》ちみたいなやりかたって、ちょっとどうかなと思うぞ」

「大丈夫やって！　神様も、必要な人にしかご利益《りやく》あげへんって。むしろ、神様に背中を押してもらうくらいがちょうどええに、あのふたりはさ」

充美の言う通り、家族として長く暮らしてきたふたりには、気持ちだけで突き進めない、様々な要因があるのだろう。

猿田彦神社の御利益が、立ち向かうふたりの道しるべになってくれたらいいなぁ——そんなことを思いながら、健一は青空の中を飛んでいく二羽の雀《すずめ》を目で追った。


『この間はありがとうね、健ちん』

県道を煌々《こうこう》と照らす街灯の明かりをものともせずに輝く星空の下で、仕事を終えた健一はあの騒動以来の友人からの電話に笑顔で答えた。

「お礼ならもう十分すぎるくらいもらったよ。それより、わざわざ電話してくるなんて、なにかあったのか？」

『いや、充美さんからこっちに手紙が届いてね。瓦版《かわらばん》、ていうの？　そこに健ちんが僕たちのことをコラムで書いてくれたって教えてくれてね』

「送ったのかよ⁉　いや、確かに鯉太郎たちのことを思って書いたけど……ふたりのことってわかるようには書いてないし……。あぁ、でも、やっぱ許可も取らずに取り上げたのは悪かったよな。ごめんな」

あたふたと慌てながらも謝罪する健一に、電話の向こうの鯉太郎は『全然、怒ってないよ』と笑った。

『むしろ、感謝しているんだ。僕たちを励《はげ》まそうって気持ちが、あの文章から伝わってきたから』

健一は息を呑《の》む。自分が書いた文章が、ゆがむことなく相手の心に届いたのだと実感して。

『あ、そうだ。もうひとつ報告しておくね。あのクソ男だけど、いわゆる窓際部署に飛ばされたみたいだよ』

「え、クソ男って、清香ちゃんの元彼か？」

唐突な話題転換に戸惑ったが、その内容にも驚かされた。むしろ雄大の方が、清香を会社から追い出そうとなにかしら仕掛けてきそうと思っていたのに。

『実はさぁ……清香の会社って、僕が勤める会社の下請けなんだよね。しかもあのクソ男、営業担当のひとりだったんだ』

つまりは、こういうことだ。

鯉太郎が勤める会社から、清香が勤める会社へ、そこそこ大きなプロジェクトが依頼されていた。鯉太郎はそのプロジェクトの責任者で、雄大はスタッフのひとり。

『駐車場で見たときから、見覚えがあるなって思ってたんだよね〜』

そう意地悪く笑う鯉太郎は、プロジェクトの打ち合わせで雄大と再会した際、改めて挨拶したそうだ。

どうも。いつぞやはうちの妹を旅行先に置き去りにしてくれて、お世話になりました――と。

物騒な話に周りの人たちは戸惑い、雄大の上司はすぐさま事情を聞いてきた。そこで、鯉太郎は懇切丁寧《こんせつていねい》に事情を説明したうえで、最後に問いかけた。

御社では、年若い女性を無一文《むいちもん》でスマホも持たせず、旅行先に置き去りにするのが、普通なのですか？　と。

上司や同僚たちは真っ青な顔で謝罪し、すぐさま雄大を会社に帰らせたそうだ。そしてその日のうちに雄大はプロジェクトから外され、その後窓際部署へ異動が決まったらしい。

「あのとき大丈夫って言ってたのって、そういうことだったのか」

感心を通り越した恐れを覚えながら戦慄《おのの》く健一へ、鯉太郎は『ここまでうまくいくとは思わなかった』と笑った。

『公私混同過ぎるかなって自分でも思ったからさ、ちくっと嫌み言うだけで終わらせたんだけど、あそこまで事態が動いたのはクソ男の日頃の行いじゃない？』

確かに、プロジェクトを外すだけで終わってもいい話なのに、部署まで変わるなんて。本人が言うほど、評価は高くなかったということだろう。

「まぁ、とりあえず、清香ちゃんの周りが平和になったみたいでよかったな」

『本当にね。最近はもとのはつらつとした清香に戻って、僕としてもひと安心だよ。なんか、いろいろと吹っ切れたみたい』

「それはよかった。母さんたちにも近況を伝えておくよ。心配してたしね」

『また近いうちにそちらへ遊びに行くよ。清香もみんなに会いたがってる。僕も……喫茶店《きっさてん》の窓際の席で、人間観察してみたいからさ』

人間観察――それは、健一が鯉太郎たちへエールを送るつもりで書いたエッセイの一節だった。

なんだか面《おも》はゆくて、健一は空《あ》いた手で口元を隠した。

「いつでも来いよ。なんだったら、駐車場のパラソルの下に座らせてやるからさ」

健一の照れ隠しの提案に、鯉太郎は『それは遠慮《えんりょ》しとくよ』と弾んだ声で答えた。

柳道散歩　第四回『交差点』

商店街とは、様々な人が行き交う、交差点のような場所だ。昔から思っていたことだが、最近、それを実感する出来事があった。

仕事中、大学の同期と再会したのだ。

高校と違い、大学は全国から学生が集まってくる。筆者も県外の大学を卒業しているのだが、地元を離れることで自分が生まれた町を見つめ直すことができたし、他の学生たちから、それぞれの土地柄から来る価値観や常識を知り、視野が広がったように思う。

全国から集まった学生たちは、卒業後はまたそれぞれの道に進んでいく。大学の周辺に就職するものもいれば、地元に帰るもの、また新天地へ飛び込んでいくものもいる。大学周辺に残ったならまだしも、地元へ帰った筆者などは、改めて機会を作らなければ同期たちに会うことなどまずありえなかった。

それがまさか、仕事中にばったり再会するなんて。これはまさに、観光地にある商店街だからこそおきた奇跡といえるだろう。

偶然の再会を互いに喜び、ゆっくり話す時間を設けてみると、どうやら友人は悩みを抱えているようだった。

詳しい話は割愛《かつあい》させてもらうが、世間と自分の相違点を自覚するがゆえの苦悩——端的に言うと普通とはなんぞや、と頭を悩ませていた。

残念なことに、話を聞くだけで時間切れとなってしまったのだが、いまここで、友人の悩みに答えたいと思う。

そこに正解はないのだと。

当然のことながら、筆者の中にも普通という判断基準はある。が、それはあくまで筆者が思っているもので、他の人からすれば非常識なことかもしれない。

その土地ごとの価値観があるように、家庭ごとのルールがあるように、人それぞれ、独自の普通を抱えているものなのだ。

それは、筆者が学生生活で学んだこと。

同じ環境にいたのだから、友人だってそれはわかっていることだ。でも、頭で理解していても、迷ってしまうことは誰にでもある。

だが、悩むだけ無駄だと思う。冷たいようだが、本心から思っている。

商店街は様々な人が行き交う交差点。だから、ここで働いていると、本当にいろんな人を見る。全国からやってきた観光客の姿も混ざっているから、余計にそう感じるのだろう。

仕事に行く人、子連れの人、カップル、老人。

たくさんの人と人生があって、同じ数だけ普通がある。

違って当たり前なのだから、過剰《かじょう》におびえることも、攻撃することもない。お互いに違うのだと認め合って、必要に応じて少しずつすりあわせていけばいい。互いを大切に想いあっているなら、それができるから。

それでも迷ってしまうときは、適当な喫茶店の窓際の席に座ってみてほしい。なんなら、柳道商店街へ遊びに来てもらってもいい。

コーヒーを飲みながら、行き交う人を観察してみれば、自分だけが特別ではないと気づくだろう。

そして開き直ればいい。まぁいっか、と。


居酒屋以外の店舗《てんぽ》が軒並《のきな》み閉店する夜遅く。

常駐の事務員も帰ってしまった商店街事務所で、晴人はひとり、パソコン作業に追われていた。

柳道商店街瓦版の締め切りが近いのだ。普段なら健一も一緒に作業してくれるのだが、今日は遅番勤務のため、晴人ひとりだった。

カタカタ、カタカタとキーボードを叩く音に混じって、バイブレーションの音が響き出す。キーボード横に置いてあったスマホが、着信を知らせていた。

液晶に表示された名前を横目で確認した晴人は、作業の手を止めて、スマホを耳に当てる。

「……どうも、お久しぶりです、磯部《いそべ》さん。……いえ、こちらこそ、その節はお世話になりました。……ええ、瓦版、読んでくださいましたか？　本当に、少しずつですけどね……。ええ、焦らず、ゆっくり様子を見ていただけたらと」

しばらく会話を続けて、晴人は電話を切る。

スマホをテーブルに置いて伸びをしたら、ふぅとひとつ息を吐いた。

第三話

もちつもたれつカボチャサラダ

「おはようございますー」

ミンミンと、甲高《かんだか》いのに不思議と耳障《みみざわ》りに感じない音が絶えず響く八月中頃。蟬《せみ》の声に負けない元気な子供たちの挨拶《あいさつ》が、商店街に響いた。

時刻は朝八時前。だというのに太陽は焼き焦がす勢いであたりを照らし、熱せられたアスファルトから立ちのぼる熱気で景色が揺らめいて見えた。

「おはよう。気をつけていってらっしゃい」

立っているだけで生気が絞《しぼ》り尽くされそうな暑さにうんざりしながらも、健一《けんいち》は笑顔で子供たちを見送る。信号に合わせて手に持つ黄色い旗を掲《かか》げながら。

今日は近隣小学校の夏休みの登校日だ。交通量の多い県道を渡る子供たちのために、健一たち商店街の面々が見守り活動を行っていた。

横断歩道の白い部分だけを踏むのだと言って駆けていく子供を見送って、健一はスマホで時間を確認する。終了時間の八時十分をちょうど過ぎたところだったため、片付けようと旗を持ち手に巻き付けた。

「お疲れ様」

たたんだ旗を保管用の袋に入れていると、背後から声をかけられた。振り返れば、向かいの交差点で旗を掲げていた女性——石原智子《いしはらさとこ》が片手を掲げて立っていた。

「今日はありがとうな。急な話やったのに、来てくれてほんまに助かったわ」

智子は商店街で雑貨屋――ほてい堂《どう》を営《いとな》んでいる。文房具と駄菓子、ちょっとしたおもちゃを取り扱っていた。

「いやいや、気にしないで。どうせ今日は早番だったし、仕事前の少しの時間くらいどうってことないよ」

今回、健一が見守り活動に参加することになったのは、急遽《きゅうきょ》出た欠員のピンチヒッターとして智子から声が掛かったからだった。

智子とは二十近く歳《とし》が離れているのだが、健一が小学生になる頃には店を手伝っており、駄菓子や文房具を買いに来る健一たちに目をかけてくれる、いわゆる親戚《しんせき》のおば――おねえさん、という立ち位置だった。

「それにしても、今日だけじゃなくて定期的に立っているんでしょう？　そっちこそ、いつもお疲れ様」

商店街の見守り活動は月一で行われている。夏休みの始めに行われるラジオ体操のときなどは、公園へ集まる子供たちの安全のため、毎日朝六時から交差点に立つというのだから、尊敬しかない。

健一の労りの言葉を、智子は肩をすくめて「どうってことないよ」と受け流した。

「もともと私が始めたことやないし。うちの子が小さい頃、同じように見守ってもらってな、すごくありがたかったんよ。そやから、自分に時間の余裕ができたら一緒に活動しようって決めとったんさ」

智子は高校生の息子を抱えるシングルマザーだった。詳しい話は知らないが、夫とは息子が幼稚園に入る前に死別したという。

確かに、子供が大きくなるに連れて時間に余裕はできただろうが、実家の家業を継いで忙しくしているのは健一の目から見ても明らかだ。

「あんまり無理しないようにね。たまに街頭に立つくらいいくらでもするから、少しは休みなよ」

「健ちゃんは優しいなぁ。うちの子もこんな風に育ってくれたら嬉しいんやけど……こんど花江《はなえ》さんにコツ教えてもらお」

「仕事で鬱《うつ》になっていまや半年ちょっとプータローだけどね」

健一が自嘲《じちょう》すると、智子は「大丈夫やに」と豪快に笑い飛ばした。

「健ちゃんはちゃんと社会復帰できとるやんか」

「周りに引っ張ってもらってなんとかなってるだけだよ」

「気にかけてくれる人が周りにおるってことは、これまで健ちゃんが積み上げてきた日々の結果やに。それに、無理な人はどんだけ引っ張ってもうても踏ん張れへんとつぶれてくだけやから。いま、私の目の前におる健ちゃんは自分の力で立っとんのやよ」

どきりとして、健一は目を見張る。東京から逃げ帰ってきてからずっと、流されるまま生きてきたように思っていたけれど、確かに、いまここに自分の足で立っている。

「……なんか、すげー感動したかも」

「なに言うとんの。健ちゃんも、仕事で頑張りすぎて倒れた前科があるんやから、もう無理しすぎたらあかんよ。じゃ、この後お仕事頑張って」

「智子さんも、お仕事頑張って。無理しないでね」

手を振りながら声をかけると、智子は「大丈夫、大丈夫」と言いながら背を向けて歩いていった。

智子の背中がある程度離れていくのを見送ってから、健一はスマホで時刻を確認する。八時二十分をまわったところだった。

「……いったん帰るか」

仕事は九時からだ。カフェレスト岬《みさき》でコーヒーを飲む時間ぐらいはあるだろう。

商店街のアーケード内に入った健一は、日陰ゆえに残る朝のひんやりとした空気を思い切り吸いこむ。ほっと息をついていると、視界の端に子供の姿が映った。

中学生かと思ったが、キャメル色のランドセルを背負っているのだから小学生だろう。五、六年生くらいだろうか。Tシャツに短パンという格好では性別が判断できないが、長い髪をひとつに結んでいたので、たぶん女の子だろうと思う。

智子から聞いた話では、最近の小学校は八時十五分始まりらしい。つまり、遅刻しているということだ。だというのに、うつむいて歩く少女に焦っている様子はない。

「……おーい。学校遅刻だぞー」

声をかけるか否《いな》か迷ったものの、健一は意を決して声をかけた。なるべく怖がられないよう、冗談っぽく間延びした言い方で、距離もあえて詰めずに少し離れた位置から声をかけた。

はっと顔を上げた少女は、見知らぬ相手に一瞬警戒した顔を浮かべたが、健一が手に持つ黄色い旗を見て、見守り活動をしていた人物——近所の大人だと理解したらしい。詰めていた息を吐いた。

「……遅れても、ちゃんと行っとる」

確かにそうだな、と健一は納得した。遅れたからといってずる休みせず、きちんと向かっているのだからそれは評価するべきだ。

「そうだな。ちゃんと学校に行って偉いぞ。あと少し、暑いけど頑張って歩くんだよ」

健一の反応がよっぽど予想外だったのか、少女はぽかんとした顔で足を止めた。健一は首を傾《かし》げる。

「どうした。学校行かなくていいのか？　どうせ悲しい気持ちになるビデオ見させられるんだろうけどさ、午前中で終わるんだし、その後友達と遊ぶ約束とかできるからいいじゃん。行っておいで」

「……ビデオとか、見やへんよ」

「え、今時ってそうなの？　俺のときは終戦の日に合わせて戦争関連のビデオ見させられたよ。もうなんか一日鬱々するようなつらくて悲しいやつ」

「戦争の勉強はする。けど、ビデオ見るとかない」

「マジかよ。ビデオ見てあー戦争なんて絶対したくないーって思うのが夏休みの登校日じゃないの？」

　健一としてはただただ疑問で問いかけただけなのだが、少女が戸惑った表情のまま黙って首を傾げたのを見て、大人げなかったと自覚した。

「……うん。なんかごめんね。おじさんのことは気にせず、学校行っておいで。友達が待ってるよ」

　咳払《せきばら》いをしてからそう言いつくろい、健一は手を振る。相手をしなくていいとわかり安心したのか、ほんのり表情を緩《ゆる》めた少女は軽く会釈《えしゃく》をして健一の横を通り過ぎていった。

　声をかける前はとぼとぼ歩いているように見えたのに、離れていく背中は追い立てられるように早足だ。遅刻を気にして、ではないことを健一はきちんと理解している。

「防犯ブザー鳴らされなかっただけよかったと思おう」

　自分の行動を反省しながら、今度は健一の方がとぼとぼと歩くのだった。

「健ちゃん、今日見守り活動してくれたんやってな？　ありがとうな」

三時の交代でやってきた岡島《おかじま》にそう声をかけられ、健一は目を瞬かせた。

「うちの孫が小学生なんよ」

「あ、なるほど。岡島さんのお孫さんって、いくつなんですか？」

岡島は左右それぞれに二本一本の指を立てて「二年生と一年生がふたり」と答える。

「あと幼稚園が四人と乳児がふたり」

「……そういや九人いましたっけ」

「うちは三人育てたでなぁ。それぞれ三人ずつ産んだから、孫は九人だ」

「兄弟かぁ……うちはひとりっ子なんで、ちょっと憧れます」

「子供なんて、欲しいと思って手に入るもんでもないしなぁ。健ちゃんがひとりっ子なんはそういう運命なんやろ。兄弟に憧れるんなら、自分がふたり以上作ろ、って思とけばええんちゃう？　まぁまず相手探しからやな」

「ほんとそれっすね」

うんうんと互いにうなずき合ってから、健一は退勤の挨拶をしてアーケード内へと歩き出した。

今日、健一が担当したのは商店街の西端、伊勢市駅《いせしえき》から一番遠い交差点だった。

商店街の西端には、晴人たち兄妹が営む花屋がある。とくに用事もないのだが、店の前を通るときになんとはなしに視線を向けたとき、中から充美《みつみ》が出てきた。

「あ、健ちゃん。お疲れ～。仕事上がり？」

「おう、お疲れ。そっちは配達か？」

「うん、そう」と答えた充美は、ひまわりやアジサイ、ユリといった切り花を大量に挿した桶《おけ》を抱えており、花の束の脇から顔をのぞかせるように前を見ていた。

「これからな、桜花《おうか》通りのお店に配達行くん」

　前が見えないほど大量の花を抱えて、転んだりしないのだろうか、と心配になったが、どうやら抱える桶だけで終わりではないらしい。入り口横に置いてあった台車に桶を載せると、すぐに店の奥へと入っていく。戻ってきた彼女がもうひと抱え桶を持っているのを見て、健一はこらえきれず手伝いを申し出た。

「あ、一緒に運んでくれるん？　助かる～。もうひとつあるんよ、待っとって！」

「まだあるのかよ！」という健一のつっこみを背に受けながら、充美はまた店の奥へと引っ込んでいったのだった。

　胸に抱え込まないと運べない大きさの桶を、みっつ台車に載せて、健一は充美の案内で配達先を目指す。もちろん、台車を押すのは健一だ。

充美は慣れているからと遠慮《えんりょ》したが、いくら台車に載っていようと重いものは重いので、健一が半ば無理矢理奪い取ったのだ。

台車を引き受けて数分。健一は早くも後悔《こうかい》しはじめていた。というのも、柳道《やなぎみち》商店街は足下にグレーのタイルを敷き詰めて幾何学《きかがく》模様を描いているのだが、タイルとタイルの隙《すき》間《ま》に段差があって、台車のタイヤが引っかかるのだ。力任せに押して台車に載る桶を倒してもいけないので、力加減が難しい。

確かにこれは、慣れた人が行うべきだったかもしれない――後悔しつつも、斜め前を歩く充美がにこにこと笑っていたので、まぁいいかと健一は前を向いた。

柳道商店街は、数十メートルごとに脇道が南北へ延びている。そのうち一方、南向きの脇道から、三國《みくに》が歩いてきた。

「あれ？　三國さん？」

充美が声をかけると、視線を落としていた三國が顔を上げ、「あら」と首を傾げた。

「充美さん、こんにちは。いまから配達ですか？　健一さんも、お手伝い？」

なぜ健一が一緒にいるのかわからない、といった顔でこちらを見るので、「運ぶのを手伝ってるんです」と健一はへらりと笑った。

「三國さんは、買い物？」

充美の言う通り、三國はスーパーの袋を手に持っていた。それを掲《かか》げてみせた三國は、眉《まゆ》を下げて笑った。

「もうすぐ、お盆なので。故人をしのぶものを……と思いまして」

聞いているこちらが苦しくなるような、悲しみのにじむ声だった。

「そっか……なんか、ごめんな。余計なこと聞いてしもて……」

「いいえ、気にしないでください。これでも伊勢に来てから、だいぶ受け入れられるようになったんです。花江さんがお盆に旦那《だんな》さんの好きなものを用意すると聞いて、一緒にしようと思えるくらいには」

そういわれて、健一は花江が父の好物である駄菓子を大人買いしていたのを思い出した。甘いものからしょっぱいものまで、ありとあらゆる駄菓子が大好きだった父のために、花江は昔ながらの瓶詰《びんづめ》で買ってくるのだ。

「駄菓子と一緒に、私のものもお供えしてくれるんです。仏壇《ぶつだん》は向こうにつながる場所だから、きっと受け取ってもらえるよって」

花江らしい言葉に、健一は「なんか……すみません」と謝ってしまった。それが正解とは思わないが、なぜだか口をついたのだ。

健一の戸惑いに気づいたのか、三國は「いいえ、花江さんには、本当に感謝しているんですよ」と微笑《ほほえ》んだ。その、やわらかく温かな笑みに、健一も充美も、ほっと安堵《あんど》を覚えた。

それから、軽く二、三言話して、三國はカフェレスト岬へと戻っていった。彼女の背中をしばらく見送ってから、健一たちも本来の目的である配達に戻る。三國が出てきた、駐車場へとつながる南向きの脇道とは反対側、北向きの脇道を進むと桜花通りにたどり着いた。

桜花通りも商店街や県道と平行して東西に伸びており、道幅もあまり広くないため東から西へ一方通行となっている。小さなテナントがいくつも入る雑居ビルが並び、居酒屋やスナック、焼き肉店といった多種多様な飲食店が居を構えていた。

一方通行ながらレンガで舗装《ほそう》された歩道を歩いていると、三國と別れてからなんとなく続いていた沈黙を、充美が破った。

「なぁ……健ちゃんってさ、三國さんのことどう思っとる？」

「どう思うってなんだよ。いつの間にか実家に住んでたからびっくりしたかとかそういう話か？　正直、初めて会ったときはなにか考える余裕もなかったし、頭が働くようになった頃にはいるのが普通になってたから、なんとも言えないぞ」

「そうじゃなくて……」と唇を尖らせてそっぽを向いた充美は、しばしの沈黙の後、きっとこちらをにらんで言った。

「異性としてどうかって話！　一緒に住んどって、なんか思うことないん？」

「はぁ？　異性？　いや、まぁ……素敵な人だとは思うけどさぁ、そういう風に見られないっていうか。……三國さん、たぶん旦那さんを亡くしてるぞ」

確信もなく言っていいものか迷ったが、下手《へた》に勘違いされても面倒なので、健一は自分の予想を口にした。よほど驚いたのだろう。充美は大きな目をこぼれんばかりに見開いた。

「なんでわかったん？」

「あぁ、なんだ。三國さんから聞いてるのか？　ただの予想だったんだけどな。いつだったかな、三國さんが部屋で指輪見つめてぼおっとしてたんだよ。シンプルな指輪だったから、結婚指輪かなって……」

「三國さんの部屋をのぞいたん!?」

「ちげえよ！　夕飯だって呼びに行ったら、扉が少し開いてたんだよ！　三國さんの部屋は引き戸だからな」

扉の隙間から見えた三國は背を向けていたけれど、視線の高さに掲げて見つめていた左手には、シンプルな指輪がはめられていた。普段、三國は指輪をつけていない。ひとりの部屋で、わざわざつけて見つめるというのは、それなりの事情があるのだろうと思った。

「さっきの話からするに、故人って、旦那さんのことだろう。すでに大切な人がいる三國さんに、どうこう思うつもりはないよ」

「……そやけどさ、好きになるって、理屈じゃどうしようもなくない？」

眉間《みけん》にしわを寄せて、充美がうなるように言った。健一は首を傾げると、充美のかわいい顔を台無しにしている眉間のしわを、指でつついた。

「ちょっ……なにすんの⁉」

驚いた充美が、健一の手を振り払って額を手で隠す。怒りなのか恥ずかしさなのか、顔を赤くして口をはくはくさせていた。大げさな反応が面白くて、健一はぷっと噴き出す。

「眉間にしわを寄せてると、そのうち癖《くせ》になって消えなくなるぞ。せっかくかわいい顔してんのに、もったいないだろ」

「しわって……普段は寄せてへんもん！　……て、え。かわっ、かわいい⁉」

「ほら、早く配達行くぞー」

「え、ちょっ、健ちゃん⁉　かわいい？　かわいいって言うた⁉」

台車を押して歩き出す健一を慌てて追いかけながら、充美が食い気味に問いかける。歩く足はそのままにちらりと彼女を見やった健一は、首を傾げてから「言ったな」と答えた。

「世間一般に見て、お前たち兄妹は容姿が優れているだろう。謙遜《けんそん》しても嫌みなだけだぞ」

「そっち⁉　そういう意味なん？　ですよねぇ……」

立ち止まって肩を落とす充美だったが、様子をうかがうことすらせずさっさと進む健一に気づき、慌ててその背を追ったのだった。

今回、充美が配達に出向いたのは、桜花通りに並ぶ雑居ビルにあるスナックだった。昭和感漂うこぢんまりとした雑居ビルには、エレベーターなどという便利なものはない。階段前に台車を置いて、健一と充美はひとりひとつずつ桶を抱えて二階を目指した。

三階建ての雑居ビルには、ワンフロアに三店舗《てんぽ》入れるようになっている。配達先の店舗は階段から一番近い店舗で、古めかしい木製のドアには『スナック　千恵美《ちえみ》』と書いてあった。

「こんにちはー、フラワーショップ篠山《しのやま》です。配達に来ましたー！」

扉を大きく開きながら充美が元気よく声を張る。ちりりりん、とドアベルの細く涼やかな音が溶けるように消えた頃、店の奥から「はぁい」と返事があった。

「ご苦労様～。勝手に中入って、作業おねがいできるやろか～」

声は聞こえても、声の主は姿を見せず。どうやら、奥で手が離せないらしい。いつものことなのか、充美も気にした様子もなく「は～い」と答えて店内へと入っていった。

充美に続いて店内に入った健一は、充美の指示に従って店の中央に桶を置いた。背中を伸ばして、腰を両手でさすりつつ、失礼にならない程度に店の様子を見る。

入り口から奥に向かって細長い形をした店で、中央から左側にカウンター席が伸びていた。右側の壁沿いにはソファが並び、テーブルがふたつ置いてある。カウンター奥の壁面収納にはずらりと酒瓶が並んでおり、ひとつひとつに名札がかけてあった。カウンター内にはバックヤードへ繋《つな》がる通路もあり、そこで調理でもしているのか、物音や水音が聞こえた。

「充美は作業があるんだよな？　俺、外の桶を運んでくるよ」

カウンターに並ぶ空《から》の花瓶を見て健一が提案すると、充美は「ありがとう、助かる～」と言いながら桶に手を伸ばしていた。

外に出た健一は、待っていましたとばかりに身体《からだ》にまとわりついた熱気に、うっと顔をしかめる。ずっと外にいたときはここまで不快感はなかったのに、涼しい店内からの落差が夏の暑さを際立《きわだ》たせていた。

「あー……、早く夏終わらないかなぁ」

お盆をすぎれば暑さは和《やわ》らぐというけれど、ここ数年は多少和らいだところでそもそもが暑すぎるから意味がないように思う。そんなつまらないことをつらつらと考えながら階段を降りた健一は、花桶《はなおけ》のそばに誰かが立っているのに気づいた。

女の子だ。ぱっと見た感じ、小学校高学年くらいだろうか。ショートパンツをはいており、桶のそばに座り込んでじっと花を見つめていた。

「こんにちは。お花に興味があるの？」

いまの時代、見知らぬ男が声をかけていいものか迷ったものの、女の子に見覚えがあったため思い切って声をかけた。

はじかれたように顔を上げた女の子は、立ちあがるなり一歩下がった。

やっぱり怖がられるよね――と地味に傷つきながらも、健一は「今朝ぶりだね。学校を遅刻して、先生に怒られなかった？」と続ける。女の子は眉《まゆ》をひそめたものの、はっとした顔でこちらを見た。

「朝の、おじさん……」

「……うん。そうだね、おじさんだね」

自分で今朝おじさんと名乗っていたとはいえ、やはり面と向かって言われると胸に来るものがあった。

繊細《せんさい》な男心を胸の内に隠し、健一は花桶の前に立つ。このまま店に持っていこうかと思ったが、軽く中腰になって女の子と視線を合わせ、「花、好きなの？」と改めて問いかけてみた。

「これ……おじさんのお花？　おじさんは、花屋さんなん？」

「いや。俺は駐車場で働いてるよ。ほら、Tシャツに書いてあるでしょう」

健一は軽く身体を捻《ひね》り、蛍光イエローのTシャツの背に書いてある『柳道商店街　駐車場係員』の文字を見せた。

「花屋さんはね、俺の友達がやってるんだ。いまはちょっとお手伝いしているところ」

「お友達って……みっちゃん？」

まさか充美を知っているとは思わず、健一は目を見張った。みっちゃんと呼んでいることから仲の良さがうかがえて、余計に驚く。

「よく知ってるね。そうだよ。充美のお兄さんと俺が同級生でね、充美とも仲がいいんだ。君も、充美とお友達なの？」

「うん。あんな、みっちゃん、よくママのお店にお花飾りに来てくれるんやよ。みっちゃんのお店のバケツやったから、今日も来てくれたんかなって」

「今日も来てくれたって……お母さん、この店のママなの？」

「ううん。この店でママが働いとるの」

従業員なのだろう。健一は納得した。

「もしかして、充美を待ってたのかな？　なんなら呼んでこようか。中にいるから」

健一の提案をきいた女の子は、雲間から日が射したように、ほんわりと表情を明るくさせた。

よっぽど充美が好きなんだなと微笑《ほほえ》ましく思いながら、健一が中腰から背筋を伸ばした。

そのとき。

「陽葵《ひまり》！」

横から鋭い女性の声が響き、健一たちはびくりと身体をこわばらせた。振り返れば、こちらへとひとりの女性が歩いてきている。健一と同世代くらいだろうか。見覚えはないので、昔からこの辺りに住んでいるわけではなさそうだった。

「お母さん……」

そうつぶやいた女の子は、こちらへ歩いてくる母親を見て一瞬目を輝かせたものの、すぐになにかに気づいて花桶を載せた台車から数歩離れた。

女の子——陽葵の母親は、台車と娘の間に割り込むように立ち、娘と向き合った。

「もう、あんたは……遊びに行ったと思ったらこんなとこでなにやっとんの。他人様《ひとさま》の迷惑になったらあかんよってあれほど言うたやろ」

「……ごめんなさい」

突然はじまった説教に、健一が慌てて「あの、お母さん」と止めに入った。すると、母親が勢いよく振り返り、そのまま深々と頭を下げた。

「お仕事中に、うちの娘が邪魔をして申し訳ありません」

「いや……いやいやいやっ、お母さん、顔を上げてください。ちょっと世間話をしていただけですから。邪魔なんて、まったくこれっぽっちも思ってませんから！」

健一が身振り手振りを交えながら大慌てで答えると、母親はおずおずと顔を上げて健一を見上げた。

「むしろ、俺の方こそすみません。見ず知らずの男が娘さんに話しかけていたら、不安になりますよね」

母親は目を見張った後、ばつが悪そうに視線をそらした。

「いえ、あなたのことを怪しいだなんて思ってませんよ。だって、駐車場の方でしょう？　商店街の人たちは子供たちのことも気にかけてくれる、優しい人たちばっかりですから」

蛍光イエローのTシャツが思いがけず身分証明となったらしい。商店街の人々への信頼の厚さに、健一は密かに感謝した。

「でも、お仕事の途中やったんですよね。どうかこちらは気にせず、仕事に戻ってください」

苦さのにじむ笑みを浮かべた母親が、ひとつ息を吐いてからそう告げた。充美を呼ぼうとしていたところだったので、どうするべきかと健一は迷ったものの、母親に庇《かば》われるように背後に立つ陽葵が、もういいよと手を振っていたので従うことにした。

「お気遣い、ありがとうございます。それじゃあ、俺はこれで。陽葵ちゃん、熱中症に気をつけて、五時のチャイムが鳴ったら帰るんだよ」

伊勢市では夕方の五時になると『夕焼《ゆうや》け小焼《こや》け』が時報代わりに流れてくる。音楽が鳴ったら家に帰る——というのが、伊勢市の子供たちの常識だった。

「うん。おじさんありがとう」

手を振る陽葵へ笑顔を返してから、健一は台車の花桶を担《かつ》ぐ。母親に軽く一礼し、階段をのぼった。

「健ちゃんありがとー。遅かったなぁ、なんかあった？」

カウンターに並ぶ花瓶《かびん》たちに花を挿す充美が、健一の顔を見るなり首を傾《かし》げた。健一も一緒に首を傾げてから、酒瓶と一緒に棚《たな》に並んでいた置き時計を見る。ちょっと立ち話しただけのつもりが、十分ほど時間が経過していた。

「女の子が花桶の花を見ていたからさ。ちょっと立ち話してた。この店の従業員さんの娘さんでね、充美と知り合いだって言ってたぞ」

「あぁ、陽葵ちゃん？　スポーティーな感じの女の子とちゃう？」

「そうそう。よくわかったな」

「ここで働いとるんはママ以外にひとりしかおらんもん。そやから、従業員の娘さんって言われたら、陽葵ちゃんしかおらへんってわけ。物怖《ものお》じせえへんはきはきした子で、とってもしっかりしたいい子やよ」

「なんや。あんたうちの陽葵ちゃんとどこで知り合《お》うたんや」

カウンター奥からぬっと女性が現れて、健一は思わず「うおっ」と身体をはねさせた。

カウンターの向こうで座り込み、なにか作業をしていたらしいソバージュヘアの女性――ママは、カウンターの向こうから頭半分を出した状態で、健一をじろりとにらんだ。

あらぬ疑いをかけられては困ると、健一は慌てて今朝の見守り活動中に知り合ったこと、さっき花桶を見つめていたことを説明した。

「そうかい、見守り活動をしてくれたんか。ありがとうな」

「いえ、シフト前にちょっと手伝っただけですから」

「今日登校日やったんかあ。陽葵ちゃん、ちゃんと学校行ってよかったわ」

遅刻してましたけどね――とは、言わないでおいた。

健一の内心などつゆ知らないママは、持っていた布巾をシンクへ放り投げた。

「陽葵ちゃんは本当にええ子なんやに。母ひとり子ひとりで、寂しい思いだってしとるやろうに、文句ひとつ言わんとお母さんを手伝ってなぁ……」

なにかがこみあげてきているのか、声を震わせながらそう語ったママは、蛇口《じゃぐち》をひねって布巾を洗い出す。勢いよく出る水で豪快に水しぶきをあげながら布巾を洗う様子から、ママの人となりが見えた気がした。

「おはようございまーす」

ドアベルの軽やかな音とともにひとりの女性が入ってきた。天の助けと健一が振り向けば、そこには先ほど別れた陽葵の母が立っていた。

「真里《まり》ちゃん！　もう来てくれたん？　今日はゆっくりでいいって言うたやんか」

陽葵の母――真里は困ったように笑い、「いえ」と首を横に振った。

「しっかり睡眠もとれましたし、心配ないです。お気遣いありがとうございます」

「ほんまに大丈夫なん？　せめて、病院に行ってみるとか……」

言い募《つの》るママに、真里は「ふふふ」と微笑《ほほえ》んだ。

「大丈夫ですって。ただの夏バテですよ」

ママの不安を吹き飛ばすように、真里は軽やかに手を振りながら店の中へと進んでくる。健一の前を通り過ぎるとき軽く会釈《えしやく》してくれたので、こちらも「どうも」とひと声かけておいた。

ママは一応は引き下がったものの、やはり気になって仕方がないのだろう。しばらくカウンター内を拭き掃除《そうじ》していたが、布巾をシンクに放り投げて奥の部屋へと引っ込んでいった。

なんとなく帰るタイミングを逃していた健一は、奥の部屋にママの姿が消えるのを見送ってから、隣の充美へと視線を向けた。

「じゃあ、俺帰るわ」

「うん。ありがとね、健ちゃん」

お互いに手を振り合って、健一は店を後にする。外に出てみると、相変わらずよろけそうなほどの暑さだったが、さっきよりいくらか影の背が伸びていた。

少し立ち話しただけだと思ったのに、そこそこの時間が経っていたらしい。時間を忘れさせる話術は、さすが店を切り盛りするママだな、とずれた感慨《かんがい》を覚えた。

「健ちゃん、お帰り。三時上がりやと思ったのに、ずいぶん遅かったな。残業やったん？」

カフェレスト岬にたどり着いた健一にそう声をかけたのは、今朝一緒に見守り活動をした智子だった。

「あれ、智子さん。いらっしゃい」

商店街の人たちは、ほぼすべてカフェレスト岬の常連客だ。智子も時々子連れでモーニングやランチに訪れたりするので、別に驚くことではない。

ただ、先ほどの言い回しから、智子は自分を待っていたようだ。健一は慌てて彼女が座る中央の楕円《だえん》テーブル席へと近づいた。

「ごめん。もしかして俺に用事だった？」

「気にせんでいいよ。今朝のお礼をかねてコーヒー飲みに来ただけやから」

「帰りに配達中の充美と会ってさ、花を運ぶのを手伝っていたんだ。それで遅くなった」

遅くなった理由を説明しながら、ふと、健一は陽葵のことを思い出した。

「ねぇ、智子さん。陽葵ちゃんって女の子、知ってる？　小学五、六年生くらいの子なんだけど」

「もちろん知っとるよ。あの子はうちの常連やからな。それよりも、なんで健ちゃんが陽葵ちゃんのことを知っとんの。もしや……浮いた話を聞かんと思ったら、そういう趣味が⁉」

「まぁ、そうやったん健一！　ちょっとくらい年が離れとってても口出すつもりはなかったけど、さすがに犯罪はあかんよ、犯罪は」

「いやいやいや！　誤解生むようなこと言うのやめてくれる⁉　母さんも悪ノリせんといてよ。違うってわかりきっとるやろ！」

小学生の女の子を話題に出しただけなのに、どうして犯罪者扱いされなければならないのか。思わず伊勢弁が出た健一に、智子と花江は「ちょっとからかっただけやんか」と悪い笑みを浮かべた。

健一は今朝の見守り活動のあと遅れて登校する陽葵を見かけたことと、充美の配達を手伝ったときに会ったことを話した。

最初こそにこやかに聞いていた智子だが、陽葵が遅刻していたと知ると、難しい顔でうなった。

「……健ちゃん。あんた、陽葵ちゃんの話を聞いてどう思ったん？　なにを考えて、私に聞いてきたんや」

ほんのわずか逡巡《しゅんじゅん》した智子は、健一の目をまっすぐに見つめてそう問いかけた。下手《へた》な嘘やごまかしは許されないと感じ取った健一は、挑むような智子の視線を真正面から受け止め、答えた。

「ただ、気になっただけだよ。今朝会ったときの様子が、とても落ち着いていたから」

普通、学校に遅刻している場合、とても焦るものだと思う。ましてや、登校中に大人に声をかけられたら、焦燥感《しょうそう》に駆られて軽くパニックになってもおかしくない。

それなのに、陽葵は健一に対して警戒こそすれ、焦りなど微塵《みじん》も感じなかった。

「陽葵ちゃんの態度は、俺に対する受け答えといい、なんというか……遅刻することに慣れている感じがしたんだ。勘違いかなと思ったんだけど、お母さんの職業を聞いてね……」

「母親が水商売をしとることが関係しとるって言いたいんか？」

「偏見だってことはわかってる。でも、親が夜に働いているっていうことは、その間、子供はひとりで留守番ってことだろう？　規則正しい生活は難しいんじゃないかな」

健一が話す間、智子は黙って見つめていた。

智子は商売柄、近所の子供たちと特に密接な交流がある。子供たちの抱える事情や問題を、見たり聞いたりしていることだろう。だからこそ、見知ったことを軽率《けいそつ》に口に出さない。事情を話すに足る人間かどうか、見極めようとしているのだ。

「……健ちゃんの意見は偏見や。でも、そういう懸念《けねん》があるんはほんまやし、実際、陽葵ちゃんの生活リズムは一般的とは言えへんよ。でも、それはあんたが考えとるような事情やない」

ひとつ息を吐いてから、智子は陽葵について話し出した。

智子が陽葵と出会ったのは、陽葵が小学校に入学してすぐの頃だそうだ。学校で必要になった文房具を、母親と一緒に買いに来たという。

智子の実家が営《いとな》むほてい堂は、文具の他にちょっとしたおもちゃや駄菓子も扱っている。ゆえに、近所の子供たちがよく集まって店の前でたむろしていた。

「私も子供らと一緒に遊んだり、縄跳びや一輪車の練習に付き合ったりとかしとるからな。近所の子らなんてほとんど親戚《しんせき》の子みたいな感覚やよ」

そんな親戚の子の中に、当然ながら陽葵も入っている。陽葵の場合は、三時半頃に店に顔を出して、買ったお菓子を店前のベンチで食べてそのままぼおっとそこで過ごしていたという。友達はいても、特別仲がいい子というのはおらず、誰かがいれば一緒にいるけど、みんなが帰ってもそのままそこにいる、という様子だったそうだ。

「そこらの悪ガキみたいに騒ぐでも暴れるでもなく、お利口さんに座っとるだけやからさ、逆に心配になってくるんよ。で、声かけとるうちにな。少しずつ心を開いてってくれたんさ」

心を開いた陽葵は、少しずつだが自分の家のことを話してくれるようになった。母親とふたりで暮らしていること、夜はひとりでお留守番していること、なにかあったらすぐ連絡できるようにスマホを持たされていることなど。

そんな込み入った話をしてくれるようになった頃、陽葵が店前のベンチに座ったまま、眠ってしまうことがあった。疲れているのだろうと、他の子供たちにそうっとしておいてほしいと智子が話すと、同級生の子供が、陽葵が遅刻ばかりしていると教えてくれた。

「さっきはあんな偉そうなこと言うたけどな、実は私も同じ懸念を感じとったんよ。夜、ひとりぼっちで留守番しとるから、きちんと眠れてへんのやないかなってね。でも、実際はもっといじらしくて、親の身としては胸が苦しくなるような話やったわ」

陽葵が目を覚ますのを待って、智子は陽葵の生活について詳しく問いかけてみた。いままでは陽葵のペースに合わせてあえて踏み込まないようにしていたが、学校生活に支障をきたしているのであれば話は別だ。義務教育は、子供の大切な権利なのだから。

突然距離を詰められて、当然ながら陽葵は戸惑い、警戒した。そんな彼女に智子は真正面から向き合い、陽葵を心配していること、陽葵が大切に思う母親に対して悪い感情は抱いていないこと、陽葵がなにか問題を抱えているとして、話してもらえないと力になってあげられないことなどを丁寧《ていねい》に説明してやっと、陽葵はぽつぽつと答えてくれるようになった。

「陽葵ちゃんはな、母親が帰ってくるまで起きて待っとったんよ。さっさと寝やんと朝起きられへんくなるってわかっとるけど、仕事帰りの母親と今日あったことを話す時間が楽しみなんやって言われたら……とめれへんかったわ、私は」

そう話す智子はそれはそれは苦しそうに目をすがめた。健一でも胸がぎゅっとするのだ。人の親である智子からすれば、心にくるものがあったことだろう。

子供が親を慕《した》う気持ちを無下《むげ》にはできない。けれど、生活リズムが崩れた状態を放っておくこともできない。

悩んだ末、智子が陽葵に提案したのは睡眠時間の前倒しだった。

「つまりはある程度まとまった時間眠れとったらええんやろ。暴論やけどな、他にいい方法も思いつかんかったし、眠れへんよりずっとええやろうと思ってな」

ばつが悪そうに視線をそらしながら、智子は当時自分が提案したことを説明した。

陽葵の母親が帰ってくるのは、だいたい深夜の二時頃だという。母親が帰ってくる前にある程度の睡眠をとれていれば、母親と夜更かししたところで身体《からだ》の負担が最低限でおさえられるのでは、と考えたのだ。

「最低でも六時間は寝てほしかったからな。夜の八時には布団に入って、母親が帰ってくる深夜二時に一回起きて、また母親と一緒に寝る。っていう生活を提案したんよ」

母親との時間を否定されるだけだと思っていた陽葵は、智子の提案にとても驚いていたという。

「本当は夜ゆっくり眠るのが一番やって私も陽葵ちゃんもわかっとるんよ。それでも、母親と一緒におりたいっていう子供の気持ちを否定するんは、私にはできへん。そやから約束させたんよ。八時には寝るんやでって」

智子の精一杯の譲歩《じょうほ》と共感を素直に受け止めた陽葵は、きちんと約束を守って八時には布団に入るようにしたという。早めの就寝は、むしろひとりきりの寂しい夜を紛《まぎ》らわせたし、わずかな時間でも母親とゆっくり話せて、朝も比較的楽に起きられるようになったそうだ。

「遅刻もほとんどせんくなったし、宿題もちゃんとやっとる。いつも成績表を見せてくれるけど、陽葵ちゃんはとっても優秀なんやで。うちの子とは大違いやったわ」

智子は肩をすくめて言った。智子の息子はスポーツに力を入れている高校に通っていたはずだ。直接関わりはなかったが、きっととても活《い》きのいい小学生だったのだろう。

「成績表を見せてくれるって……それほんまと、身内扱いじゃないか」

「だから言うたやろ。あの子は親戚の子みたいなもんやって。ま、私からすれば健ちゃんも同じようなもんやけどな」

商店街の人たちはみんなで子供を育てる。実感とともに理解している健一は、「確かに」とうなずいて頭をかいた。

「まぁさ、陽葵ちゃんに関してはそこまで心配せんでもええと思うよ。でも、一応私もよくよく注意して見とくわ。もしかしたら、なんか生活に変化があったんかもしれんし」

あえて探りを入れないのは、なにかあれば陽葵はきっと相談してくれるはず、と信頼しているからだろう。それでも、なにかあったときにいち早く手をさしのべられるよう、見守ることは怠《おこた》らない。

思春期《ししゅんき》の子供との距離感を丁寧に探る智子は、やはり人の親なのだな、と実感した。

「あー、遅刻気味の女の子なぁ。俺も店の準備を手伝ったときなんかに見たことがあるよ」

岡島は家業の店を息子にひきつがせてからそれなりの日がたっているが、朝の準備を手伝うこともあるという。十時開店の準備だから、九時は回っているだろう。そんな時間に小学生が歩いていれば、いやでも目立つというものだ。

「でも、さっちゃんが目をかけるようになってからは、見いひんくなったなぁ。子供に関してはやっぱり女の人の方がうまく立ち回れるんやろな。女の人っていうんは、ほんまにすごいよなぁ。この本読んどるとしみじみ思うわ」

そう言って、岡島がおしりのポケットから取り出したのは、一冊の文庫本。表紙には『高橋《たかはし》さんはもの申す』という題名と『絃來田兼人《いときたかねと》』の名前が、そして表紙裏には予想通りカフェレスト岬と記入してあった。

「この話な、田舎《いなか》から都会に引っ越してきた主人公の高橋さんが、娘の通う幼稚園で繰り広げられるママ友同士のギスギスにもの申すっていう、痛快活劇ってやつなんやで」

「……今回の話と関係あります？」

「主人公の高橋さんはな、どんなに落ち込むことがあってもへこたれへんと立ちあがって突き進むんよ。さっちゃんみたいやない？」

さっちゃんとは、智子のことだろう。女手ひとつで子育てと店の切り盛りをする彼女は、確かに高橋さんに似ているかもしれない。

「家族に支えてもらって立ち向かうっていうのも、確かに智子さんのイメージぴったりですね」

ママ友同士のいざこざが話の主軸だから、どうしても高橋さんが矢面《やおもて》に立つけれど、問題にぶち当たるたびに落ち込んだり悩んだりする高橋さんを支え、解決の糸口を見つけるきっかけを生み出すのは、夫や娘の役割だった。

「なんや、健ちゃん。この話、読んだことあったんかい」

目を丸くする岡島に、健一は「少しだけ」と曖昧《あいまい》に笑った。

「ドラマ化するくらい大人気らしいから、知っとって当然か。これ、全部で十冊あるらしいで」

「岡島さんは、全部読んだんですか？」

「まだこの一冊しか読んでへん。今日の帰りにでもカフェレスト岬に寄って、二冊目を借りようと思っとる」

「長く楽しめそうだ」と笑う岡島を見つめていたら、その向こう、県道沿いの歩道をこちらに向かって歩いてくる陽葵を見つけた。

ランドセルは背負っていないから、どこかで遊んで帰ってきたところだろうか。そんなことを思っていたら、こちらに気づいた陽葵と目が合った。

「こんにちは」

「こんにちは。おじさん、お仕事中？」

三度目ともなると慣れてきたのか、健一が挨拶《あいさつ》すると陽葵はかわいらしい笑顔とともに答えてくれた。

「そうだよ。陽葵ちゃんは遊んできた帰り？」

「そこの公園で友達と遊んできたん。もう帰るー」

「この暑い中、公園で遊んできたんか？　子供は元気やなぁ」

健一の隣に腰掛ける岡島が、大げさに感心してみせた。陽葵は見ず知らずのおじいさんに話しかけられて驚いていたようだが、健一と同じ蛍光イエローのTシャツを着ていることから、駐車場関係者と気づいたのだろう。戸惑いながらもうなずいていた。

「ちゃんと水分摂《と》ってる？　熱中症には十分気をつけるんだよ」

「ちゃんと水筒持ち歩いとるよ」

そう言って、陽葵は肩から提げる水筒を持ち上げた。

「おじさんこそ、ちゃんと水筒とか用意しとるん？」

健一の荷物を探して、陽葵は足下や健一の背後を見やる。その視線が健一の手元に移ると、「あ」と声をもらした。

「高橋さんだ！　それ、ママも大好きなんやよ」

小学生の女の子が、こんな大人向けの小説を知っているとは思わなかった。よっぽど母親が愛読しているのだろうか。

「ママね、いつも言うとんの。高橋さんみたいに頑張らなって」

高橋さんを引き合いに出して努力しているなんて——子供が覚えるくらいだ。結構な頻《ひん》度《ど》で口にしているのかもしれない。

「家にこの本があるの？」

「あるよ！」

陽葵は元気よく答えると、高橋さんのなにが面白いかを語り出し、そこに岡島まで加わって高橋さん談義がはじまってしまった。

岡島がまだ高橋さんの一巻目しか読んでないと聞いた陽葵が、「じゃあネタバレしたらあかんね」と言って口をつぐむ様子は、なんとも微笑《ほほえ》ましいものだった。

ちょっとした気遣いだが優しさに溢《あふ》れていて、陽葵を育てている人がいかに素敵な人なのかを感じとれた。

だからこそ、智子も陽葵を気にかけるのだろうな――と健一が思っていると、県道沿いの街灯に設置されたスピーカーから、『夕焼け小焼け』が流れ始めた。

「もう五時かぁ。夏は陽が長くてわからんなぁ」

まだ陰りもしない空を見上げて、岡島がぼやく。

「引き留めてごめんね、陽葵ちゃん。早く帰って寝る準備しないと、八時なんてあっというまだ」

「八時？　なんで八時なん？」

首をかしげる岡島の横で、陽葵が目を丸くしている。陽葵が八時就寝の生活をしていると健一がなぜ知っているのか、戸惑っているのだろう。

「あ、ごめん。智子さんから聞いたんだ。陽葵ちゃんが八時に寝るように努力してるって。夜中に帰ってくるお母さんを出迎えるんだよね」

「ほぉ～、先に寝とくってことか？　よお考えたなぁ」

子供が夜中に起きることに目くじらを立てず、むしろ陽葵の努力を認める岡島に、陽葵ははにかみながらうなずいた。

「いまから帰って宿題して、夕飯用意して食べて風呂入って……やることがいっぱいじゃないか」

「……うん、でも……最近、時々やけどお母さんが早く帰ってくるんさ。そんでちょっと、寝る時間がぐちゃぐちゃになっとって……」

「あぁ、だからこの間遅刻したんだね」

陽葵は頬《ほお》をかきながらうなずいた。

「イレギュラーなことがあったら、リズムが崩れるのは仕方がないよ。夏休み中に落ち着くといいけど……もし、なにか困ったことがあったら、智子さんに相談してね。もちろん、俺に声をかけてもらってもいいよ」

「わしでもええよ！　駐車場におる係員は、子供らの味方やからな。困ったときはいつでも声かけてえな」

力強く宣言した岡島は、陽葵の頭をごつごつした手でかき回すように撫《な》でた。陽葵は肩をすくめて両手で頭を押さえると、くすぐったそうに笑った。年相応の、少女らしい笑顔だった。

数日が過ぎた、八月の終わり頃。じりじりと肌を焼く日差しの強さは相変わらずだが、酷暑《こくしょ》と呼ばれる異常な暑さは観測されなくなってきた。

三時までの早番を終えた健一は、瓦版《かわらばん》の編集を手伝うために商店街の事務所を目指していた。

残暑厳しい日差しの下を歩くど根性は持ち合わせていないので、さっさとアーケードの下へ逃げる。アーケード内は各商店から漏《も》れる冷気のおかげでいくらか涼しく、健一は「はふぅ～」という、情けない息を吐いた。

しばし足を止めて涼しさをかみしめ、知らず閉じていた目を開けたら、前から歩いてくる陽葵に気づいた。

「陽葵ちゃん、こんにちは」

健一が声をかけると、うつむいて歩いていた陽葵がはじかれたように顔を上げる。なんとなく元気がないような気がして、健一はことさら優しく話しかけた。

「もう帰るところなのかな？」

いまはまだ三時過ぎ。健一が小学生の頃はいつも五時まで遊んでいたので、帰るにはまだ早いように思う。

「ほてい堂でおやつを買った後に公園に行ったんやけど、誰もおらんくって……おやつ食べながら待っとったけど、誰も来やんかったの」

この暑さでは、公園で遊ぶのは難しいだろう。さもありなんとうなずく健一は、しょんぼりうつむく陽葵を見て、深く考えずに言った。

「よかったら、俺と一緒に商店街の事務所に来る？　とくに面白いものもないけど、冷房は効いているし、お茶くらいなら出せると思うから」

陽葵は目を丸くして、「いいの？」とつぶやいた。

「俺の他にね、友達の晴人《はると》ってやつもいるんだ。ほら、花屋のお兄さん。見たことある？」

「花屋のお兄さん……知っとる。友達とかっこいいよねって話しとった」

さすが晴人。小学生女子の心をもつかむイケメンっぷりだった。というか、健一はおじちゃんで晴人はお兄さんなのはなぜだろう。

小一時間くらい説明を求めたい気持ちだったが、追及したところで自分が惨《みじ》めになるだけなのはわかっている。健一は衝動をぐっとこらえて、陽葵を連れて事務所を目指した。

雑居ビルの階段をのぼって、すりガラスがはまった扉を開ける。途端、冷たい風が身体《からだ》を撫でて、健一はほっと息が漏れた。

「あ、健一お疲れー……って、かわいいお客さん連れとるやんか」

事務机から顔を上げた晴人は、健一の後ろにちょこんと控える陽葵を見て、目を瞬かせた。

「うん。そこでばったり会ってね。暑い中外で遊んでいたみたいだから、お茶でもどうかと思って誘っちゃった」

「まじでー。この暑い中外で遊んだん？　子供ってすごいなぁ。お茶くらいいくらでも飲んできない。ほら、こっちのソファ座って」

突然のことだというのに、晴人は快《こころよ》く陽葵を受け入れ、応接セットのソファへ案内した。

不安げにこちらを見上げた陽葵を笑顔で促して、健一はお茶の準備のために給湯室へ向かった。

「初めまして。俺は篠山晴人っていいます。フラワーショップ篠山で働いてます」

「中田《なかた》陽葵です。突然お邪魔してすみません」

陽葵はソファに座ったままぺこりと頭を下げた。それを見た健一は、なんてお利口なんだと驚いた。自分が小学生だった頃、自分が邪魔になるかもなんて考えもしなかった。

「べつに気にしやんでええよ。俺も健一も、ここで仕事するわけやないし。どっちかというとボランティアとか地域貢献みたいなもんかな」

晴人の言う通り、瓦版発行は商店街の活性化を目的とした貢献活動だ。商店街が賑《にぎ》わえば結果的に商売に繋《つな》がるが、瓦版の編集作業は完全なるボランティアだった。

「ボランティアって、どんなことしとるんですか？」

仕事じゃないと聞いて、陽葵も肩の力が抜けたらしい。素直に興味を示した陽葵に、晴人は事務机に広げていた原稿を持ってきてソファ前のローテーブルに並べた。

「これ……瓦版や！」

「うん、そう。俺たちは瓦版を作っとるんやよ。今日は俺と健一だけやけど、他にもいろんな人が関わっとるんさ」

「私……これ好きなん。あの、最後に載っとる、地域のこと書いたやつ。あれを読むんが楽しみなんさ」

瓦版の最後に載る記事とは、健一が書くコラムのことだ。お茶を運んでいた健一は、にやにやと笑う晴人の視線から逃れるように、赤くなっているだろう顔をそらした。

「今日はな、できあがった原稿をチェックするために、人数分印刷してまとめる予定やったんさ。せっかくやし、ちょっと手伝ってもらえる？」

「いいんですか？」と、陽葵の目が輝く。

「印刷して並べた紙の束から、一枚ずつとってホッチキスで留めるん。簡単やろ？」

いまどきの複合機なら、データを送れば一冊にまとめてホッチキスまでしてくれるというのに、陽葵が手伝いやすいよう、わざわざばらばらに印刷するつもりらしい。

晴人の気遣いに感謝と苦笑を漏らしながら、健一はお茶をローテーブルに置く。お茶の冷たさでほんのりと曇ったグラスの側面を、滴《しずく》がひとつ滑り落ちた。

隣り合う事務机に印刷した紙の束を並べ、一枚ずつとってホッチキスで留める作業というのは思いのほか楽しく、陽葵と晴人と三人で和気あいあいと他愛《たわい》ない話をしているうちに、あっという間に終わってしまった。

作業を手伝ってくれたお礼にちょっとしたお菓子を渡して、三人でローテーブルをかこみながらお茶をする。

「そういえば、陽葵ちゃんはいつも夕飯はどうしてるの？」

母親である真里は三時頃から仕事に行くと言っていたから、夕飯は陽葵ひとりで食べているのだろう。自分で作っているのか、はたまたなにか用意されているのか、純粋に疑問だった。

「いつもはママが作っといてくれるんやけど、今日はちょっと、ママに余裕がなくて……買いだめしてあるカップラーメンでも食べよかなって」

うつむきがちに話す陽葵を見て、健一と晴人は静かに目を合わせた。

「あー、そうだぁ。晴人、今日も夕飯食べに来てくれないか？　母さんがまたたくさん作っちまったみたいで、食べきれなさそうなんだ」

健一が若干間《じゃっかん》延びした大きな声でそう言うと、晴人も「またかよぉ」と大げさに身をのけぞらせながら言った。

「新メニューの研究やって言うて、食べきれへんくらい作るんはどうかと思うよ。俺が手伝ったって、いつも食べきれへんと捨ててまうやんか」

なるほど。新メニューの研究で作りすぎてしまったという理由は、とても説得力がある。実際は研究もしていなければ、料理を余らせることもないのだが、陽葵の性格を考えるに、こうでも言わないとご馳走《ちそう》させてくれないと思ったのだ。

突然の無茶ぶりにきちんと答えてくれた晴人には、ただただ感謝である。

「陽葵ちゃん、もし迷惑でなければ、俺の家で夕飯を食べていかないかい？　俺の母親がカフェをやっているんだけどね、最近新作メニューを考えているところで、いろいろと試作品を作るんだ。でも、自分たちだけじゃ食べきれなくて……」

「俺にもよく声掛かるから、遠慮《えんりょ》なんてせんでいいよ。むしろ人助けやと思っとき。あ、警戒せんでも大丈夫やに。健一の家って言うても、お店に行くだけやし。カフェレスト岬って、このビルを出て斜め向かいにあるやろ。あそこ」

カフェレスト岬と聞いて、陽葵の表情がぱっと明るくなった。

「知ってます。あそこのお店、夕方に通るたんびにお味噌汁のいい匂《にお》いがしとったから……」

カフェレスト岬はカフェでありながら提供する料理は家庭料理だった。夕方になると、店内はコーヒーではなくお味噌汁の匂いが漂っている。

「あそこ、俺の家なんだ。ね、陽葵ちゃん。今日は夕飯ないんだったらさ、カフェレスト岬で食べていってよ」

陽葵はすぐには答えずに口をはくはくとさせた。頭では断るべきだと思うのに、お味噌汁の誘惑を振り切れない――といった様子だろうか。

健一はすぐさま花江にメールを送り、歳《とし》に似合わずさっさと戻ってきた返事を見て、陽葵に告げた。

「今日のお味噌汁、ジャガイモとわかめだって」

「い、行きます」

思わずこぼれた素直な返事に、健一と晴人は「よく言った」と笑って陽葵の頭を撫でたのだった。


健一がガラスのはまった格子戸《こうしど》を押し開けると、カランコロンとドアベルの軽やかな音がカフェレスト岬に響いた。

時刻は五時前だが、お年寄りの一日は早い。すでに夕飯の定食を食べている客がちらほらいた。

「健一、お帰りなさい。晴人くんもいらっしゃい。忙しいのに、時間作ってくれてありがとうねぇ」

カウンター奥で鍋《なべ》をかき回す花江が、健一たちに気づくなりおっとりと声をかけた。その隣でコーヒーを淹《い》れている三國も、「お帰りなさい」と微笑《ほほえ》む。

健一はふたりに「ただいま」と答えながら、いつものカウンター席に座る。健一の隣に陽葵が座り、彼女を挟む形で晴人がその向こうに座った。

「あらぁ、今日はかわいらしいお客さんが来てくれたやんか。初めまして。ここの店主の花江です。健一のお母さんやよ」

「私はここの店員をしている三國です。はじめまして」

「はじめまして。中田陽葵です」と、陽葵が椅子《いす》に座ったままぺこりと頭を下げると、花江と三國が「かわいい……」と頬《ほお》を染めた。

「母さん、今日は陽葵ちゃんも協力してくれるって」

メールで事情を説明しておいたため、花江はすぐに「ありがとう、助かるわ」と答えて陽葵に向けてウィンクをした。

「陽葵ちゃんは、好き嫌いとかある？」

「いえ……人に作ってもらったものは残さず食べなさいって言われとるから、なんでも食べます」

「あらぁ〜。陽葵ちゃんがとってもお利口さんなんは、お母さんがとてもしっかりした方やからやねぇ」

自分だけでなく母親も一緒に褒《ほ》められて、陽葵は「ありがとうございます」とうつむきがちにはにかんだ。

あらかじめ連絡しておいたおかげか、さほど間を置かずに料理が出てきた。新メニューの試作など嘘っぱちなのだから、他の客と同じ定食が出てくるのかと思いきや、まったくの別物だった。

「これなぁ、お友達からササゲを頂いたから、肉巻きにしてみたん。普段は甘辛《あまから》い味付けにするんやけど、三國さんは塩味で育ったって言うもんで、どちらも作ってみたんよ」

メインのおかずは、豚肉の野菜巻きだった。半分に切った断面には、ササゲの緑の他にゴボウの白とにんじんのオレンジが映え、いくつも並ぶ様は花畑のようだった。

花江の言う通り、ふたつの皿に分けて盛り付けられた肉巻きは、一方は素材そのままの色、もう一方はタレが絡んでほんのり茶色を纏《まと》っていた。

健一たち三人はそれぞれいただきますと手を合わせてから、食べ始める。

健一はまず、昔ながらの母の肉巻きから食べることにした。箸《はし》でつまんで口元まで持っていくと、ほんのり醬油《しょうゆ》の香ばしい香りが立ちのぼってくる。口にほうり込めば、醬油のコクと甘みが舌に拡がり、かめばじゅわりとタレがにじみ出てきた。すかさずご飯を頬張り、柔らかなご飯の甘みとのハーモニーを楽しむ。

やはり母の味は偉大だとかみしめながら、健一は三國の母の味に手を伸ばした。口元へ持ってきても当然のことながら醤油の香りはしない。代わりに、飾らない豚肉の香りを感じた。口にほうり込めば、まず感じたのは塩み。だが、塩以外にも調味料を使っているのか、こしょうの香りとふわっと甘みも感じた。かみしめると、こちらもじゅわりと野菜から水分がにじみ出てくる。それがほんのり塩がきいていて、野菜の甘みを引き立てていた。

三國の母の味は、素材の良さを最大限に楽しむ味と言えるだろう。

「これ、どっちもいい。というか、どっちも一緒に楽しめるのがすごい贅沢《ぜいたく》に感じる」

肉巻きの後味をかみしめながら健一がつぶやくと、晴人も「わかるー」とうなずいた。

「どっちも王道の味やから、一度に二度おいしいみたいな感じやな」

健一と晴人の感想にうなずいてから、陽葵が「私はカボチャサラダが好き……」とつぶやいた。

副菜のカボチャサラダは、ほっくりとしたカボチャの食感と甘みの中に、塩ゆでしたにんじんのしゃりっとした歯ごたえとしょっぱさがアクセントとなり、最後はマヨネーズの酸味がすっと口に拡がった。

「カボチャサラダは昔から人気だったよな」

「加熱して混ぜるだけやで、ポテトサラダより簡単なんやけどな」

カボチャサラダは本当に人気で、客から何度となくレシピを教えてほしいとせがまれていた。花江はそのたびに丁寧《ていねい》に説明するのだが、言われた通りに作っても花江の味にはならないらしい。

「どうしてなんやろなぁ」と不思議がる花江に、三國が「シンプルな料理だけに、塩加減とかマヨネーズの量とか、ちょっとした加減で大きく変わるんでしょうね」と答える。なんでも、三國が花江に指導してもらいつつ作った時も、やはりなにか違うと感じたらしい。

「いまの目標は、花江さんの味に少しでも近づくことですね」

「あらやだ！　嬉しいこと言うてくれるやんか。三國ちゃんが来てから、ほんまに娘ができたみたいで楽しくてしゃあないのよ。いつもありがとうなぁ」

花江と三國は顔を見合わせて「うふふ」と笑い合った。花江が娘を欲しがっていたことは健一も知っているだけに、こういうふたりのやり取りを見るたび、三國が来てくれてよかったなぁと思うのだった。

「あのっ……このサラダ、簡単なんですか？　私にも、作り方を教えてもらえませんか？」

突然、陽葵がふたりの会話に割り込んだ。思わぬ懇願《こんがん》に花江と三國は目を丸くしていたが、すぐに「まぁまぁまぁ！」と花江が頬に両手を添えた。

「陽葵ちゃんったら、まだ小さいのに料理すんの？　あらぁ、女の子ってみんなこんな感じなんかなぁ、健一なんてひとり暮らしが決まるまで家事手伝うことすらせんかったのよ、どうしましょう、ときめきが止まらへん……」

「母さん、落ち着いてくれ」

「花江さん、息を吸って。深呼吸してな」

花江の興奮っぷりに、健一と晴人が慌てておさえに掛かる。ひと息でしゃべり続けていた花江は、晴人に指摘されてやっと息を吸った。

「ごめんなぁ。娘とお料理って夢やったから。あ、三國さんも私にとって娘みたいなもんやでな、一緒に仕事や家事ができて嬉しいんよ。そやけどほら、小さい娘と料理するっていうんも……あぁ、胸が……」

「母さん、落ち着いて」

「大丈夫ですよ、花江さん。私も花江さんのことを母のように慕《した》っていますから」

「聞いた⁉　健一！　こんな幸せでどうしよ。私近々お迎えが来るかもしれん！」

「いやいや、来ないから。来られたら困るから。母さんは長生きしてくれよ、頼むからさ」

「花江さん、陽葵ちゃんが戸惑ってますから、そんくらいで止まってください」

晴人に促されて陽葵へと視線を向けた花江は、所在なさげに縮こまる彼女を見て、「あら」と落ち着きを取り戻した。

「ごめんなぁ、陽葵ちゃん。私、あなたや三國さんみたいな娘がすっっっっっっごく欲しかったん。息子は息子でかわいいんやけどな。どちらも育ててみたかったなって、贅沢なこと言うとるだけなんさ」

にこにことご機嫌に笑いながら、花江はレジ横の棚《たな》からメモ用紙と鉛筆を取る。

「とりあえず、作り方をここにメモして渡すわな。ほんまは一緒に作った方がわかりやすいんやろうけど……というか一緒に作りたかったけど、今日はもう時間ないし、ほんまに簡単やからざっと流れを説明するだけにしとくね！」

本音をにじませながらメモにさらさらとレシピを書き留めると、それを陽葵に手渡し、さらに口頭でも説明した。

「ほんまに簡単や……」

「そうやろ？　冷凍のミックスベジタブルを使えばほとんど火い使わんですむし、陽葵ちゃんがひとりのときでも作れると思うよ。ぜひお母さんに作ったげてな。はぁ……娘の手料理かぁ……」

「はいはい母さん、わかったから落ち着こうか」

またもや語り始めそうな花江を、健一がすかさずおさえに掛かる。花江は「わかっとるわさぁ」と唇をとがらせた。

「陽葵ちゃん、もしなにか聞きたいことがあったらいつでも聞きにおいでね。店に入りづらかったら、駐車場におる健一に声かければいいから。健一が見当たらんくても、他のおじいちゃんたちに声かければ、みんなにこにこ笑顔でここまで案内してくれるに」

「でも、お仕事……邪魔やない？」

陽葵が隣の健一を見上げて問いかけた。遠慮《えんりよ》と期待と不安が混じった眼差《まなざ》しに、健一は自然と笑顔を浮かべて陽葵の頭を撫《な》でた。

「大丈夫だって。俺たちは駐車場の係員だけど、地域の防犯も担《にな》ってるんだ。陽葵ちゃんみたいな子供の手助けをすることも、大事な仕事のうちだよ。それに、商店街はみんなで子供を育てる場所だから」

「みんなで育てるん？」

「そう。商店街の人たちはみんな働いてるだろう？　忙しいから、みんなで一緒に子供を育てるんだよ。駐車場のおじいちゃんたちにとって俺は親戚《しんせき》の子供みたいなもんだし、陽葵ちゃんは商店街には住んでいなくても、近所に住んでいるんでしょう？　商店街の人が顔を覚えてしまえば、陽葵ちゃんも親戚の子供みたいなものなんだよ」

健一の話を黙って聞いていた陽葵は、「親戚……」とつぶやいて目を瞬かせた。

「私、親戚の人に会ったことないから……こんな感じなんや」

「そうかぁ。商店街のみんなが親戚だから、これからは会う人会う人だいたい親戚だぞ」

「そうだな。うちの妹にも伝えとくわ。かわいい親戚が増えたって」

「充美は陽葵ちゃんのこと知ってるけどな。でも、個人的に気にかけてるって状態だろうから、商店街の子認定したって聞いたら大喜びで情報共有しそう」

「晴人くんと充美ちゃんは商店街のいろんなお店と繋《つな》がりがあるで、すぐに拡がるなぁ」

遠慮がちでお利口さんな陽葵は、商店街の大人たちの心をわしづかみにすることだろう。みんながこぞってかまい倒す未来が見えて、健一はちょっと危機感を持った。

「俺も岡島さんたちに伝えるつもりだけど……あんまりかまい過ぎないように言っておくよ」

「そうやな。俺も充美にほどほどで頼むなって言うとくわ」

晴人も同じ未来が見えたのだろう。ふたりが目を合わせてうなずき合うそのわきで、花江が相変わらず陽葵に話しかけていた。


「あ、やば、もう七時じゃないか」

壁に掛かる時計を目にして、健一は慌てて立ちあがった。

「ごめん、陽葵ちゃん。ずいぶん遅くなっちゃったね。すぐに家まで送るから……寝る時間に間に合いそう？」

夕飯を食べたら家に送るつもりだったのに、花江と三國と陽葵の三人で楽しそうにおしゃべりしているのを、ぼぉっと眺めていたらこんな時間になっていた。

カウンター内の花江たちから視線を離し、壁掛け時計へと顔を向けた陽葵は、「ほんまや。もうすぐ七時」とつぶやいて席を立つ。

「遅くなったけど、大丈夫。お風呂に入って眠るだけやし」

「本当に？　やることあったんじゃないの？　ほら、宿題とか」

「夏休みの宿題は全部終わっとるから、大丈夫」

陽葵の答えに「えぇ⁉」と反応したのは晴人だった。

「夏休みの宿題、もう終わったん？　だって、まだ十日近くあるやんか」

「陽葵ちゃんはお前と違って真面目《まじめ》なんだよ。つーか、最終週にまとめてやるお前の方が少数派だと思うぞ」

晴人はその誠実そうな見た目と違い、長期休みの宿題をぎりぎりまで手を付けない人間だった。休みの終わりが近づくたび、晴人の両親から健一に声が掛かり、忙しい両親に代わって晴人に宿題をさせるというのがお決まりの流れだ。

「たいていのことは器用にこなすのに、どうして長期休みの宿題だけはできなかったんだろうな」

「最後には間に合わせとったから、ちゃんとこなしとるやろ」

「俺が尻を叩いたからだろうが！」

憤慨《ふんがい》する健一を、晴人は笑い飛ばした。

いつものやり取りを繰り広げるふたりに、花江が手を叩くことで待ったをかける。

「ほらほらふたりとも。仲良くじゃれついとるとこ申し訳ないんやけど、いまは一刻も早く陽葵ちゃんを帰したげるべきとちゃうん？」

はっとした健一と晴人が陽葵へ視線を向けると、ふたりの注目を浴びた陽葵は首を傾《かし》げた。どうやら陽葵の目には、健一と晴人のやり取りが不思議に映ったらしい。

がっくりと肩の力が抜けて、健一も晴人も力なく笑った。

「さてと、陽葵ちゃんを送ってくるよ」

「俺も一緒にいくわ。健一ひとりやと、職務質問されるかもしれへんし」

「されねぇよ！　というか、交番のおまわりさんはほとんど顔見知りだっつの！」

健一が係員をする駐車場には、警察車両も停まっていたりするのだ。必然的に、警察とのやり取りも発生する。健一は一番若いということもあって、なにかと窓口にされがちだった。

「もうこのまま、窓口役として就職した方がいいかもしれない」

「あー、うん。商店街側からしても、駐車場係員のきちんとしたまとめ役が欲しいと思ってたから、そうしてくれると助かるけどな」

「まとめ役っつーか、小間使《こまづか》いだけどな」

「それな。ようわかっとるー」

幼なじみゆえの軽いやり取りを繰り広げながら店を出たところで、黙って聞いていた陽葵が「ねぇ」と口を開いた。

「おじちゃんは、ずっと係員の仕事をしとるわけじゃないの？」

晴人が「おじちゃん？」とつぶやくのを聞かなかったことにして、健一は「そうだなぁ……」とどう答えるべきか考えを巡らせる。

「実は俺、少し前まで東京に住んでいてね。駐車場の係員をしているいまでも、東京に家があるんだよ」

「じゃあ、いつか東京に帰るん？」

「うーん……どうだろうなぁ」

退院するなり着の身着のまま伊勢に戻ってきて以来、東京の部屋は触っていない。生活に必要なものは晴人が取ってきてくれたが、部屋を解約するのも違う気がして、結局放置となっていた。

周りがなにも言わないのをいいことに、結論を先延ばしにしている自覚はあるだけに、このままではいけないと焦る気持ちもある。それでもまだ、許されるなら動きたくないとも思ってしまう。

　陽葵の子供らしい純粋な問いかけに答えられずにいると、晴人が「べつにいいんだよ」と言った。

「陽葵ちゃん、人にはな、ゆっくり休む時間というんも必要なんやよ。とくに、頑張りすぎて心や身体《からだ》が疲れ切ってしもたときなんかは、なんも考えずにただひたすら休むっていうのも、必要なん」

「ただひたすら休む……」とつぶやいて、陽葵はしばし考え込んだ。

「じゃあ、おじちゃんはいまお休みしとるの？　でも、働いとるよね？」

「たくさん休んで少し元気になったから、働き始めたところなんだよ。だからもっと元気になったら東京に行くかもしれないし、このまま伊勢にいるかもしれない。それはまだ決めていないんだ」

「心配せんでも、時期が来たら自然に決めれるに」

　健一の葛藤《かっとう》を見透かしたような晴人の言葉に、思わず苦笑が漏《も》れた。本当に、晴人には頭が上がらない。

「……私は、おじちゃんにずっとおってほしい。東京は遠いから」

　思わぬ告白に、健一は胸を押さえてうめいた。

「いま、母さんの気持ちがわかった。妹がいたらこんな感じだろうかって……」

「お前なぁ……そこは娘やろうが」

「さすがに大きすぎるだろ。陽葵ちゃんが生まれたとき、俺たちまだ十代だからな」

「でも妹っていうのも年離れすぎやろ」

「やっぱ親戚の子が一番しっくりくるな。年の離れた従妹《いとこ》」

「それだ、正解！」

晴人が手を叩いてから健一を指す。対する健一もうんうんとうなずいた。

「……さっきからずっと、同じことばっかり言うとるよね。おじちゃんたちにとって、私は親戚の子みたいなもんなんやろ？」

陽葵の言う通りなのだが、それを陽葵自身が口にしたことに、健一と晴人は密かに驚いた。

陽葵は遠慮がちな子だ。誰かに迷惑をかけるくらいなら関わり合いたくない、という雰《ふん》囲《い》気《き》の子だったから、自分から「親戚の子」という関わりを持つなんて大きな変化だ。

「そっか。そうだね。確かにずっと言ってたわ」

穏やかに笑った健一は、陽葵の頭を撫《な》でた。今日だけで何度目かわからないくらい撫でているが、最初の頃と違って嫌がったり恥ずかしがったりせず、はにかみながら自分からすり寄せるようになっていた。

こうやって甘えられる大人に、もっと出会えたらいい。

健一はそう願わずにはいられなかった。

陽葵を夕飯に誘った日から数日経った八月三十一日。明日から九月がはじまり、子供たちの長い夏休みも終わりを告げる日。

盆を過ぎて暑さのピークは過ぎたと感じても、まだまだ厳しい暑さが続いている。本当に九月が来るのかと思わず疑ってしまうほどだ。それでも、夜はいくぶんかほっとできる気温に落ち着いたように感じる。

遅番だった健一は、岡島とふたりパラソルの下のパイプ椅子《いす》に腰掛けながら、うちわを扇《あお》いでいた。

県道に並ぶ街灯の明かりが白く照らす夜空を見上げながら、雨でも降ればいくらか涼しくなるのではないか、などとくだらないことを話していた、そのとき。

「おじちゃんっ……おじちゃん！」

背後の商店街から必死な声が響いて、健一と岡島はすぐさま振り向いた。

陽葵が、こちらへ向かって駆けてきていた。よほど慌てているのか時々足をもつれさせながら、「おじちゃん！」と息も絶え絶えに何度も叫ぶ姿にただならぬものを感じ、健一と岡島は慌てて陽葵のもとへと駆けよった。

「陽葵ちゃん、どうした⁉」

　健一の胸に転げるように飛び込んだ陽葵は、健一の両腕をきつく握りしめながら、つっかえつっかえ言葉を口にした。

「まっ、ママ……ママがっ、どうしようっ……」

　乱れた呼吸はやがて泣き声に変わり、引きつってうまく言葉になっていない。いまにも引きつけをおこしそうな陽葵の背中を岡島が撫で、健一は「大丈夫」「落ち着いて」と何度も声をかけて、なにを伝えようとしているのか必死に耳を傾けた。

「ママが……ママが倒れた。動かへん、どうしよう！　ママ、ママが、死んでくかもしれん！　助けて、助けて！」

「倒れたって、どこで？　家？　ママは家にいるの？」

　健一が問いかけると、陽葵は何度も大きくうなずいた。

「岡島さん！　とりあえず誰か……智子さん！　智子さんに連絡してください！　俺は陽葵ちゃんと家に向かいます！」

「救急車は？　俺が呼ぼうにも家の位置わからんぞ」

「智子さんなら知ってるはずです。智子さんに救急車を呼ぶようお願いしてください」

　岡島に指示を出しながら、健一は陽葵を立たせる。そこで初めて、陽葵が靴《くつ》も履《は》いていないことに気づいた。

思っている以上に事態は深刻かもしれない。健一は慌てて膝をつき、陽葵におぶさるよう言った。

「いい？　陽葵ちゃん。おじさん、思いっきり走るから、力いっぱいしがみつくんだよ」

陽葵の腕が首にまわったのを確認するなり、健一は立ちあがる。岡島がスマホで智子に電話するのを横目で見てから、駆け出した。

陽葵の家は、桜花通りの裏に拡がる、飲み屋と住宅がごちゃ混ぜになっている地区に建つアパートだった。

三階建ての雑居ビルに挟まれた昭和感漂う二階建てのアパートで、奥へと細長い形をした建造物は道路側から奥に向かって玄関が並んでおり、二階の玄関へは外階段を上ってたどり着けるようになっていた。

以前、晴人と一緒にここへ来たことがある健一は、陽葵の家が一階の一番奥だと知っている。陽葵を抱えたまま外階段と玄関の間の細い通路を進むと、玄関がわずかに開いていた。一瞬、不審者が入り込んだかと焦ったが、靴が挟まっていただけだった。どうやら、飛び出したときに蹴《け》っ飛ばしてしまったらしい。

「ママ！」

陽葵を玄関に降ろすと、すぐさま奥へと駆け出していった。健一も急いで靴を脱ぎ、その背中を追いかける。

玄関から入ってすぐ左の扉をくぐると、台所だった。単身用より少し大きい程度のキッチンの前に陽葵の母親――真里が倒れていた。

「中田さん！」

健一は倒れたままの真里の傍に膝をつき、声をかける。

台所仕事をしているときに倒れたのだろうか。キッチン側に身体を向けている。陽葵が声をかけて肩を揺すっても起きる気配がない。

健一は手を口元へ持っていき、呼吸があるかを確認する。早い呼吸を感じられたが、眉間《みけん》にしわを寄せて小さくうめいていた。動かしていいのかわからず、仕方なく外傷がないかを確認していると、玄関から物音が聞こえた。

「健ちゃんっ、状況は⁉」

振り向くと、スマホを手に持つ智子が駆け込んできた。

「呼吸はあるけど、苦しそうなんだ。ぱっと見た感じどこか怪我《けが》をしている様子はない」

健一の説明にうなずきながら、智子は耳に当てたスマホに同じ内容を説明する。電話の向こうは救急なのだろう。電話からの指示に従って、真里の手足を動かし、回復体位と呼ばれる姿勢にした。

「救急車がもうすぐ到着するで、このまま待機するよ」

智子の言葉にうなずいて、健一は真里の傍に座り込む陽葵へと視線を向ける。

「陽葵ちゃん、いまのうちに、なにがあったか教えてくれへんか？　説明できそうかな？」

陽葵の前に膝をつき、智子が優しく問いかけた。真里をじっと見つめていた陽葵はその声に誘われるように顔をあげ、智子を視界に収めるなり、「おばちゃん……」と涙を溢《あふ》れさせた。

「ママがっ、今日……体調悪いって、お仕事お休みっ、して……」

つっかえながらも陽葵が話した内容はこうだった。

夏休み前くらいから、実は真里の体調が悪い日が時々あったそうだ。今日は朝から体調が悪く、仕事を休んで横になっていたのだが、水を飲みたいと言って台所に立ったところで倒れてしまったという。

「どんなに呼んでも揺さぶっても起きやへんくて……どうしたらいいんかわからんくなって……私、外に飛び出したん」

陽葵の頭に真っ先に浮かんだのが智子で、智子の店に行こうと商店街に入ったら健一の姿を見つけ、助けを求めたのだった。

「説明してくれてありがとう。ひとりでよう頑張ったな。ここからは私がついとるから、救急車が来たらママと私と陽葵ちゃんの三人で一緒に病院行こな」

「一緒に、来てくれるん？」

涙にぬれた顔で智子を見る陽葵は痛々しい。智子はそんな彼女を安心させるように、優しい笑みとともにうなずき、その背をさすった。

「もちろんやよ。病院終わってからも心配いらへん。今夜はうちに泊まってけばいい。陽葵ちゃんはもうひとりやない。お母さんが倒れて怖かったなぁ。私ら大人を頼ってくれて、ありがとう」

智子の言う通りだ。極限の状態で、きちんと自分たちを頼ってくれたことは幸いだった。遠くから救急車のサイレンが聞こえてくる。健一は智子に陽葵を任せ、救急隊を迎えるために外に出た。ひとつ隣の筋である桜花通りから、赤い光の点滅が見える。赤い光が濃くなっていくのを見つめながら、健一は心を落ち着かせるように長い息を吐いた。

その日、陽葵と一緒に救急車に乗った智子から連絡があったのは日付が変わる頃だった。真里はいったん家に帰ることになったが、いつまた倒れるかわからない彼女を、陽葵ひとりに背負わせるわけにはいかないと、遠慮《えんりょ》する真里を無理矢理説《と》き伏せて智子の家に連れ帰ったそうだ。

どうやら真里の体調不良は一時的なものではないようで、そのことも含めて、後日カフェレスト岬に来て説明してくれる運びとなった。

子供たちの日常が再開される九月一日。モーニングが終わったカフェレスト岬は、いつもより人口密度が高かった。

遅番である健一の他に、昨日の病院での顚末《てんまつ》を説明に来た智子に加え、同じく遅番だった岡島までそろっていた。

健一がいつものカウンターに、智子と岡島が楕円形《だえんけい》のテーブル席に向かい合うように座っていた。花江と三國はカウンター内で作業をしつつ耳を傾けている。

事態が事態だったので重い空気の中、腕を組んで目を閉じていた智子が、顔を上げて口を開いた。

「昨日はあのふたりのためにいろいろと動いてくれてありがとう。身内でもない私がお礼を言うんもおかしいけど、まぁそこは気にせんといて。昨日のことやけどな、詳しい話は省《はぶ》いて結果だけ……。陽葵ちゃんのお母さん、手術が必要やって」

手術という重たい言葉に、ぴり、と空気が張り詰めた。

「夏前から体調崩しとったみたい。健ちゃんが言うた通りやったな。陽葵ちゃん、お母さんのことで不安を抱えとったわ」

智子は視線を落として、組んだままの両腕をさすった。

「もっとちゃんと話聞いとけばよかったわ。親戚《しんせき》の子供みたいなものなんて言うて……結局いざというとき頼ってもらえへんなんて」

「そんなことない！」

　考えるより先に強い声が出て、全員の注目を集めてしまった健一は慌てて口を手で覆《おお》った。数人だが店内にいる他の客に軽く会釈《えしゃく》をしてから、健一は智子をまっすぐに見つめて言った。

「陽葵ちゃんは、智子さんを頼ったじゃないか。言っていたでしょう。お母さんが倒れて、智子さんに助けを求めようとしたって。その途中でたまたま俺を見かけたから俺に声が掛かっただけで、陽葵ちゃんが一番に頼ったのは、他でもない、智子さんだよ」

　智子はゆっくりと目を見開いて、やがてうん、と微笑《ほほえ》みとともにうなずいた。

「ありがとう、健ちゃん。健ちゃんやって、自信持ってな。あんたが陽葵ちゃんを気にかけとったからこそ、昨日陽葵ちゃんが声かけれたんやから」

「そうかな」と、健一は頭をかいた。照れくさいが、智子に認められたのは嬉しい。智子は健一よりもずっと長く、子供たちを見守り続けてきた人だから。

「話がそれてったな。ほんで、陽葵ちゃんのお母さんやけど、ほんまは夏休み前からずっと手術するようお医者さんに言われとったんやって。そやけど拒否し続けて……昨日とうとう倒れてもうたんやわ」

「どうして手術受けないいんだよ。陽葵ちゃんなら、俺や智子さんで面倒見れるよ。だから――」

「お金の問題……でしょう」

言い募《つの》る健一の声を打ち消して、三國が静かに告げた。

「中田さんは、母子家庭なんですよね？　だったら、働き手は母親だけということになります。そんな状況で母親が手術だ、入院だってなっても、すぐに決断なんてできないと思います」

生きていくためにはお金が必要だ。唯一の働き手である母親が倒れたら、路頭に迷うかもしれないと危惧《きぐ》する気持ちはわかる。けれども、だからといって、手術を拒否してまで働き続けなければいけないのだろうか。

「生活保護は？　こういうときに使わないと、いつ使うんですか？」

「……おそらくですが、陽葵ちゃんのお母さんは生活保護を受けたくないんだと思います」

「え、どうしてっ？」と声を強める健一に、三國は辛《つら》そうに顔をゆがめて言った。

「世の中には、生活保護を恥ずかしいことだととらえる方もいます……」

三國の言っている意味が理解しがたくて、健一は「……は、え？」と言葉にならない声を漏《も》らす。三國の言葉を必死に咀嚼《そしやく》して、健一が口を開くより前に、智子が「あ！」と声を上げた。

はっと我に返った健一が智子を見ると、彼女は店の外をにらんでいた。

「中田さん……今日は寝とりなって言うたのに」

つぶやくなり、智子は店の出入り口へと歩き出す。健一も遅れて店の外を見れば、商店街をうつむいて歩く真里の姿があった。

「中田さん！　なにしとんの⁉」

店を出た智子が声を張り上げると、商店街の中央広場を横切ろうとしていた真里が、ぎくりと動きを止めた。

真里へ向けて駆け出した智子に続いて、健一と岡島も走り出す。三人に取り囲まれた真里は、ばつが悪そうにうつむいた。

「しばらく安静にしとるようにって、昨日先生に言われたやろ。それが入院せえへん条件やったやんか」

「……自分家《じぶんち》で、ゆっくりしよかなと思って……」

「誰か世話してくれる人おるの？　そやないなら、結局自分でいろいろ動いて休めへんやんか」

「大丈夫です。陽葵も手伝ってくれるし、私らだけでなんとかなります」

目も合わせずに頑《かたく》なに自分の意見を押し通そうとする姿勢は、すべてを拒絶しているかのようだった。

「……そんなん言うて、また働きに出るんやろ」

踏み込んだ言葉に、真里は顔を上げた。驚愕《きょうがく》の表情で、踏み込んできた人物――智子を見た。

「あんたが働いとる店、たしか桜花通りにあったなぁ。そこのママは私の知り合いや。ママに事情言えば、きちんと手術受けへん限り働かせてくれへんくなるよ」

「なっ……余計なことせんといて！」

激昂《げっこう》するということは、図星らしい。頭を抱えて首を左右に振る智子の隣で、健一が「あの……」と遠慮がちに声をかけた。

「手術……必要なんですよね？　陽葵ちゃんを安心させるためにも、一刻も早く受けた方がいいんじゃないですか？」

「は？」とつぶやいて、真里から表情が抜け落ちた。

「わかったような口を叩かんといてください。私は陽葵の母親ですよ？　あの子のことを誰よりも考えとるに決まっとるやないですか！　手術やって、受けなあかんのもわかってます。自分のことやもん。不安でたまらへん……。やけど、どうせえっちゅうの？　陽葵の面倒は？　私が働かへんと、どうやって生活するんですか？」

鬼気迫る様子で健一に詰め寄った真里は、しおれるように細く長い息を吐き、目元を手で覆った。

「あぁ、もう……なんでこんなうまくいかへんの。高橋さんみたいになりたいって思っとるのに……」

高橋さんとは、以前岡島が渡してきた小説の主人公のことだろうか。困惑する健一を見て、真里は鼻で笑った。

「小説の主人公に憧れて、あほみたいって思ったでしょう？　わかってますよ、フィクションと現実はちゃうって。そやけど、彼女を目標にしてきたから私は今日まで踏ん張ってこれたん」

「でも……こんな緊急事態なんだから、生活保護を受けるとか――」

「生活保護⁉　そんなんできるわけないでしょう！」

信じられないとばかりに頭を振って否定される。あまりの拒絶に、健一は考えるより先に「あの！」と声をあげた。

「どうしてそんなに生活保護を嫌がるんですか？　だって、病気なんですよ。手術しなきゃいけないってお医者さんに言われているんですよ？　働けなくて当然じゃないですか。一時的に生活保護を受けて、なにか問題があるんですか？　だいたいさっきから高橋さん高橋さんってたいそうなものみたいに言ってますけど、作者はそこまで考えて書いてませんよ」

「それは——」と言いかける声を無視して、健一は言葉を続ける。

「生活保護は恥《はじ》ずかしいって言いたいんですか？　他人様《ひとさま》の手を借りるのは恥だって？　生活保護は国のお金だから税金ですもんね。いろんな意見があるのはわかります。でも！　税金を払ってる俺からすれば、子供を必死に育てている人がどうしても働けなくなったときにこそ、生活保護を受けてほしいって思います。そうじゃなきゃ、なんのための生活保護なんですか。俺、なんのために税金払ってんの⁉」

「そんなん……知らんわ！　私は私だけの力で陽葵を育てるって決めとるんです。誰にも迷惑かけへん。誰かに助けてもらわんでも、私はあの子を立派に育ててみせる！」

　強く宣言しているのに、うつむく真里が見つめるのは健一ではない。それは自分に言い聞かせているのか、心に浮かぶ誰かに宣言しているのか。健一にはわからないけれど、ただただ、胸が痛い。

「俺は……子供がいないから、子供を育てることがどれだけ大変なのか、きちんとわかっていないと思います。たぶん、自分ひとりで子供を育てていくために、すがるものが必要なんだろうなって思うけど……でも、母親の意地を通すために、子供が我慢するっておかしくないですか？」

　はっと顔を上げた真里は目を限界まで見開いて、はくはくと唇を戦慄《わなな》かせた。

「こりゃあ！　健一ぃ‼」

落雷のような怒声が商店街に響き渡り、この場にいた全員が身体《からだ》をこわばらせた。

次の瞬間、健一の頭にげんこつが振り下ろされた。

「っ…………いっ、てえええぇぇぇっ！」

脳天を押さえてその場にうずくまる健一を見下ろし、げんこつを振り下ろした犯人――岡島が、腰に両手をあててふんぞり返った。

「子供もおらん小童《こわっぱ》が、勝手なことを言うんやない！　人にはなぁ、すがるもんが必要なときもあんねん！　それを外野が否定すな‼　そもそもお前は、所得税払わなあかんほど稼《かせ》いどらんやろが！」

「いや、確かに住民票は東京にあるから伊勢市には払ってないけど……」と健一が座り込んだまま言い募《つの》ると、「うるさい！」という怒号とともにまたげんこつが降ってきた。

今度こそ静かになった健一を見下ろして、岡島は両腕を組んでふんと鼻息をならす。

ふたりのやり取りを啞然《あぜん》と見ていた智子が、大きく肩を落としてから改めて真里へと向きなおった。

「中田さん。私もな、子供をひとりで育ててきたから、自分を保つために意地を通したい気持ちはわかる。でもな、私はいろんな人の手え借りて子供育てたよ。情けなく思うときもあったけど、子供ときちんと向き合ってくことが恩返しになると思て、踏ん張ってきたんや」

たらしい。

呆然《ぼうぜん》としたまま、真里は智子を見た。岡島の雷は、彼女の興奮すら吹き飛ばしてしまっ
「誰かの手を借りることは、恥なんかやないよ。あんたは立派に陽葵ちゃんを育てとるやんか。あんなにママが大好きで、優しい子に育ったんやから」

智子の言葉を聞きながら、真里は瞳を揺らして唇をかんだ。

「陽葵ちゃんのお母さん。わしはそこの駐車場で係員をしとる者なんやけどな、商店街っちゅうんはみんな忙しいから、みんなで子供をみるのが普通なんよ。わしの子も、孫も、智子ちゃんも健ちゃんも、商店街のみんなで育ててん」

頭を押さえたまま健一が顔を上げると、ちょうど真里と目が合った。なんとなく岡島の話は本当かと視線で問いかけられた気がするので、黙ってうなずいておいた。

「商店街のじじばばはたいてい、若い人の力になったりたくてうずうずしとんのよ。そやけど、押しかけたら迷惑やろ。そやで、無理せんでいい。あんたはあんたが最適やと思う方法で子供を育てたらええんや。ただ、どうしようもない状況になったら、いつでも頼ってな。あんたはひとりとちゃう。わしらお節介《せっかい》じじばばがついとる。それを、心の片隅に留めといてな」

健一でも見たことがないような優しい笑顔を浮かべると、岡島は「ほんならな」と言っていまだ座り込んだままの健一の首根っこをつかんだ。

「えっ、ちょ……岡島さん？」

「ええから黙って俺と帰るぞ。あとは女同士腹を割って話せばなんとかなる。男はお呼びやないねん」

首根っこをつかんだまま、岡島が容赦《ようしゃ》なくずんずん進んでいくため、健一は後ろ歩きでついていくしかなかった。

「だいたい健ちゃんはなぁ……」

岡島の説教に素直にうなずきながら、遠ざかっていくふたりを見ていた。


新学期という名の現実を、嫌々ながらも受け入れられるようになった九月半ば。

「おはようございまーす」

しつこい残暑に負けない、元気な子供たちの声に「はい、おはよう」と答えながら、健一は黄色い旗を振る。

スマホで時刻を確認してあと五分くらいだな、と思いながら赤信号を待っていると、向かい側の交差点に立つ智子の隣に、見知った少女の姿があることに気づいた。

智子と笑顔で会話をしていた少女は、信号が変わると智子に手を振ってこちらへと歩き出す。横断歩道の終点にたつ健一に気づくと、笑顔で手を振った。

「おじちゃん、おはよう」

「おはよう陽葵ちゃん。今日はご機嫌だね」

横断歩道を渡り終えた少女――陽葵は、わずかに目を見開いた後、照れくさそうに頬《ほお》をかいた。

「だって、今日はママ帰ってくるから……」

「そっか。お母さん、今日退院だったね」

先日の騒動の後、女性ふたりでの会話が功を奏したのか、真里は手術のために入院した。入院期間は一週間。その間、陽葵は智子が預かっていた。

「ママ帰ってきたら、またカフェレスト岬行くな」

「うん。陽葵ちゃんたちが来てくれたらうちの母さんも喜ぶよ」

手を振って陽葵が通り過ぎていく。学校へと歩いていく後ろ姿が、初めて出会った姿よりもずっとはつらつとしていて、あぁよかったと心から思えた。

その日の三時過ぎ。早番の仕事を終えた健一は、岡島と一緒にカフェレスト岬へ戻っていた。相変わらず、岡島は店の本を読みあさっているようで、店に入るなり本棚《ほんだな》の前に立ち、今日は『高橋さん』の続刊に手を伸ばしていた。

「お疲れ様です」

いつものカウンター席に着いた健一に、三國が冷たい麦茶を出してくれた。お礼を言ってから、陽葵たちが店に来たのか聞いてみた。

「いえ、今日はまだ来ていませんよ。陽葵ちゃんの学校が終わってから迎えに行くのかもしれませんね」

たったひとりの家族が退院するのだから、陽葵が迎えに行ったっておかしな話ではない。今日は水曜なので、学校は二時過ぎまでのはず。おそらく智子か誰か大人と一緒に迎えに行って、いまごろ帰ってきている頃だろう。

「何事もなく今日を迎えられて本当によかったですね」

「そうだね。話を聞いたときは自分になにができるのかさっぱりだったけど……いい方向に物事が動いてよかった」

冷たい麦茶をすすりながら、健一がしみじみとつぶやく。三國は視線を落とし、手に持つトレイを胸に抱えた。

「……この商店街の人たちは、本当に優しいですよね。私みたいなよそ者も、快《こころよ》く受け入れてくださって……」

そう言ったきり、三國は詳しく話そうとしない。

健一は三國のことについてなにも知らない。近しい人を亡くしているというのも、この間偶然知る機会があっただけで、結婚していたかもというのも、結局健一の予想でしかない。もしかしたら花江はなにかしら事情を聞いているかもしれないが、健一が実家に運び込まれた頃には彼女はそこにいたし、健一も自分のことに手一杯で詮索《せんさく》しようなどと思わなかった。

「確かに商店街の人たちはお節介でお人好しな人たちばっかりだと思う。でも、三國さんが商店街のみんなに受け入れられているのはさ、こうやって店に立って、やってくる人たちひとりひとりときちんと向き合ってきたからじゃないかな。きっかけは母さんかもしれないけど、実を結ばせたのは三國さんの努力だよ」

陽葵を育てる真里を助けたいと思ったのも、陽葵がとてもいい子だったから。そこから、母親の人となりが感じられたから、健一たちは助けたいと強く思えたのだと思う。

「健一さんだってそうです」

ぼおっとしていた健一は、突然自分に話を振られて「えっ」と間の抜けた声を漏《も》らした。

カウンターの奥に立つ三國は、うつむいていたはずの顔を上げ、健一をまっすぐに見つめていた。

「倒れた健一さんにみんなが手を伸ばすのは、あなたが誠実な人だからです。健一さんの周りが優しいのは、健一さん自身が優しいからです。いまあなたが立つ場所は、あなた自身が築き上げてきたもの。だからもう少し、自信を持ってください」

いつになく真剣な言葉に、健一は瞬きをくり返すしかできなかった。

言葉が頭に染みこむにつれ、顔が熱くなってくるのがわかる。向かいの三國も、自分で言って恥ずかしくなったのか頬を染めて視線をそらした。

「……その、ありがとうございます」

「いえっ、こちらこそ……私を認めてくださって嬉しかったです」

互いにそっぽを向いてぽそぽそとお礼を言い合う。妙な空気に、健一が内心で助けを求めていると、背後でドアベルの軽やかな音が鳴った。

「おじちゃん！」

振り向いた健一に、元気な声が飛び込んでくる。店の出入り口に、満面の笑みの陽葵と、柔らかく微笑《ほほえ》む真里が立っていた。

「陽葵ちゃん！　お母さんも、帰ってきたんですね。お帰りなさい。退院おめでとうございます」

店の中央、楕円《だえん》のテーブル席までやってきた真里は、深々と頭を下げた。

「その節は、大変お世話になりました。おかげさまで、無事に手術も終わって退院できました。私の入院中、娘の世話をしてもらって、ほんまにありがとうございました」

「あらぁ、陽葵ちゃんのお母さん。退院おめでとうございます。私らは普通のことをしただけなんやから、そんな頭下げやんとって」

　キッチンで作業をしていた花江が、カウンターから出てきて真里に顔を上げるよう促す。顔を上げた真里は、手に持っていた紙袋を差し出した。

「これ……ささやかですがお礼です。私がおらん間、何度かここでご馳走《ちそう》になったって聞きました。本当はお金を払いたいんですけど……」

「お金なんていらへんいらへん。かわいい子におやつをあげただけやんか。大丈夫、ご飯のときは息子が払っとるで！」

「えっ」と驚いてこちらへと振り向いた真里に、健一は「気にしないでください。大丈夫ですから」と笑顔で手を振った。

「退院しても、しばらくは安静にしとらなあかんのやろ？」

　花江の問いに、真里は「はい」とうなずく。申し訳なさそうに視線を落としているものの、そこに不安からくる暗さはない。

「生活保護申請が無事に通ったもんで……情けない話ですが、しばらくは体調回復に専念しようと思います。早く自立できるように、とにかくいまは休むべき時期なんやって、智子さんにも言われました」

「そうやよ。中途半端が一番ダメやでな。休むときは休む。で、元気になったらまた働けばええんよ。な、健一」

「そうだな。俺も入院とかで半年くらい働いてなかったし。いまもリハビリ中だしね。だから、無理しなくてもいいんですよ」

「ありがとうございます。私……陽葵を私ひとりの力で育てるんやって、意固地《いこじ》になっとったんです。でも、それで陽葵を不安にさせとったら、元も子もないですよね」

真里の入院が決まってから、彼女の事情を聞く機会があった。予期せぬ妊娠《にんしん》で、いろんな人の反対にあったが、それらを振り切って陽葵を産んだそうだ。

周りの意見を無視して産んだからには、自分ひとりでこの子を立派に育てなければならない。

その決意をよりどころに、これまで頑張ってきたという。

「あのときは、中田さんの事情も知らず好き勝手なことを言ってすみません。心のよりどころを否定するなんて、ほんと、最低ですよね……」

頭に血が上っていたとはいえ、あの日の自分を殴《なぐ》ってやりたい。いや、岡島が殴ってくれたけれども。

しょんぼりと後悔《こうかい》する健一へ、真里は「とんでもない」と首を振った。

「さっきも言いましたよね。意固地になっとったって。あれくらい言うてもらわんと、気いつかへんかったと思います。やから、いいんです。それに、おかげで皆さんの優しさに気づけました」

真里は健一だけでなく、花江や三國へ視線を移して柔らかく微笑んだ。

「あの……もしご迷惑でなければ、これからも陽葵のことを気にかけてもらえますか？」

お腹のあたりで組んだ両手の指をもじもじさせながら、真里が問いかける。すると、間《かん》髪《はつ》を容《い》れずに健一と花江が「もちろん！」と声を揃えた。

「陽葵ちゃんみたいなかわいい子、いくらでも歓迎するわぁ。孫はしばらく期待できへんしなぁ」

突然の爆弾発言に健一は面食らったが、しばらくどころか気配もないので「すみませんね」と謝るしかできなかった。

「母さんがこんな調子だからさ、陽葵ちゃん、時々でいいから店に遊びに来てくれる？」

「うん！　ママと一緒にくる」

「まぁ、ふたり一緒に来てくれるん？　仲良し母娘なんて絶対かわいいやんか。目の保養やわぁ」

両頰を両手で押さえ、花江がくねくねと身体《からだ》を揺らす。本当に嬉しいのだろう。

晴人か充美あたりが結婚して子供を作ってくれないだろうかと考えて、そもそも恋人の影が見当たらないな、と諦めた。商店街の未来を担《にな》う次世代が、そろいもそろって枯れているというのはいかがなものだろう。商店街で街コンを企画するのもありかもしれない
——などと、くだらないことを考えて健一は逃避した。

健一が現実逃避している間も、花江との会話を楽しんでいた真里たちだが、そろそろおいとまします、と話を切り上げた。

「せっかくやでお茶でも飲んでけばいいのに……」

「いえ、お仕事の邪魔になりますし、まずは家に帰って片付けをせんと。一週間留守にしてましたから」

そう言われてしまっては、引き留められない。花江は残念そうにしながらも、「また来てな」と今日の別れを受け入れた。

改めて頭を下げてから、真里は陽葵を促して出入り口へと歩き出す。が、扉の前で「あ、そうだ」とつぶやいて振り返った。

「この際ついでというか、あのとき、おっしゃってましたよね。『高橋さん』を書いた作者は、心のよりどころにしとる私らと違って、なんも考えへんと書いとるって」

「うえっ……は、はい」と身体をこわばらせる健一へ、やはり真里は、穏やかな笑顔のまままで言った。

「作者なんて、関係ないんです。書いた人がなにを思っとったかなんてどうでもいい。ただ私が、高橋さんを素敵やと思って、目標にしただけ。読んだ人がなにを感じるか。それはその人次第。物語なんて、そんなもんやないですか？」

胸を張って言い切る姿に、健一は圧倒された。呆然《ぼうぜん》とする健一の背後で、三國が「おっしゃる通りですね」と同意した。

柳道散歩　第六回『もちつもたれつ』

商店街というと、今はほとんどの店のシャッターが閉まっていて地元のお年寄りが利用するところというイメージがあるらしいが、我が柳道商店街では、多少はシャッターを閉じた店があるものの、子供の姿はそれなりに見ることができる。

近くの小学校に通う児童が通学路として利用しているのもあるが、おもちゃや駄菓子、文具を扱う雑貨店――ほてい堂があることが大きいだろう。筆者が幼い頃など、ほてい堂の前で友達と待ち合わせたり、そのまま店で駄菓子を買ったりしたものだ。

当時の店主は常連の子供たちの名前をすべて把握《はあく》しており、学校は楽しいかとか、宿題はやったかとか、家族は元気かとか、ちょくちょく声をかけてくれた。悪いことをすればきっちり怒られたし、いいことをすれば大いに褒《ほ》められた。まさに親戚《しんせき》のおじさんといった立ち位置の人だった。

現在のほてい堂の店主も、店にやってくる子供の名前を大体把握しているそうだ。新しい子供が来ていれば、本人や周りの子どもに名前を確認して把握するようにしているという。商店街で子供が困っていそうだったら、ほてい堂に連絡する――というのが商店街での暗黙のルールになるほど、ほてい堂は子供の駆け込み寺であった。

親が商店街で店を構える子供のことを、筆者はたびたび「商店街の子供」と表すのだが、商店街の子供ともなると、ほてい堂だけでなくすべての店が駆け込み寺となる。商店街の人たちは自分の店を営《いとな》むために忙しく、付きっ切りで子供を見ることができない。それゆえ、商店街のみんなで子供を育てているのだ。

どこの誰の子かを把握した大人たちが、店を切り盛りしつつ、見かけた子供を気にかける。商店街の子供にとって、商店街で店を構える人たちは皆、親戚みたいなものだった。

核家族化が進み、共働きが当然となりつつある昨今では、子育てはとても大変なことだと思う。柳道商店街のように、共同で子供を育てるということも難しいだろう。心がつらくなった時、助けを求める相手すらわからない人もいるかもしれない。

毎日精いっぱい子供を育てている皆さんに寄り添いたいと、柳道商店街はこの度《たび》『親戚の家』活動を始めることにした。

商店街では、みんなで子育てをする。子供たちの面倒は、その時その時手が空《あ》いている人が見るし、なにかしら問題があったときはみんなで相談して助け合う。もちつもたれつ、お互い様、それが普通。

だから、もしあなたが苦しくなったなら、ぜひ『親戚の家』のステッカーを貼った店に来てほしい。助けを求めてもいい場所があると、知ってほしい。

別に助けを求めなくてもいい。ただ商店街へやってきて、店を見て回るだけでもいい。柳道商店街には多種多様な店がある。きっとあなたの気に入る店もあるはずだ。

筆者のおすすめは、ほてい堂だ。おもちゃや駄菓子、文具を取り扱うほてい堂はいまでも子供に大人気である。

店主は代替わりしたが、変わらず子供たちを見守ってくれている。きっとあなたの子供のこともすぐに覚えてくれるだろう。店主自身も子育て経験者だから、世間話ついでに子育ての愚痴《ぐち》をこぼしてみてもいい。

子供服が欲しいならほてい堂の隣にジェットという子供服専門店がある。日々の潤いにささやかな花束をフラワーショップ篠山で買うのもいいだろう。疲れたなら、カフェレスト岬でパフェとコーヒーを楽しむのもいい。

柳道商店街には店を次代に譲《ゆず》って暇を持て余した人たちがいる。あなたが店で商品を選んでいる間、彼らが子供の相手をしてくれるだろう。頑張る若者の手助けをしたい、子供を構いたいとうずうずしている人たちだ。遠慮《えんりょ》なんてする必要はない。

あなたはひとりではない。子育ては自分たちで抱え込むものではない。それを伝えたくて、我々は『親戚の家』ステッカーを店に貼る。

商店街はみんなの生活を支え、ときには潤いを与え、ゆとりをもたらし、いざというときの逃げ場でありたい。

筆者はそう、切に願う。


「お疲れ様でしたー」

「はい、お疲れさん」

三時を回り、今日のシフトを終えた健一は、岡島たちに終業の挨拶《あいさつ》をしてから商店街へ入る。

今日は瓦版の作業もないし、まっすぐ家に帰ってゆっくりするか――そんなことをぼんやり考えながら、県道から商店街に入って十字路を曲がろうとした、その時だった。

「こんにちは」

声を掛けられ、知らず足元を見ていた視線を上げると、ひとりの男性が立っていた。

さっぱりと短い黒髪に、四角い黒縁《くろぶち》の眼鏡《めがね》。半袖《はんそで》のワイシャツとグレーのスラックスはクールビズのお手本のようだ。

健一のよく知る、けれどここにいるはずのない人物との遭遇《そうぐう》に、健一はただ茫然《ぼうぜん》と見つめるしかできない。

そんな健一の様子を見て、男は困ったように笑って言った。

「ご無沙汰《ぶさた》しております。紘來田先生」

第四話

夢をかなえるさくさく天ぷら

地域密着の商店街が駅近くに存在する伊勢《いせ》市だが、町の中心部から離れた国道沿いまで出れば、全国チェーンの店舗《てんぽ》がいくつも軒《のき》を連ねている。

健一《けんいち》は現在、商店街で出くわした男性――磯部《いそべ》と、国道沿いの喫茶店《きっさてん》にやってきていた。

店員に案内されたのは窓際の席で、大きな窓から降り注ぐ夕日でテーブルがほんのり赤く色づいていた。最近は夕方から幾分か暑さが和《やわ》らぐ。徐々にではあるが秋が近づいているのだろう。

そんなどうでもいいことを考えている間にも、前の席に座る磯部が、店員にふたり分のコーヒーと名物デザートを注文した。温かいパンとソフトクリームが組み合わさったデザートは、この喫茶店で打ち合わせするときの定番だった。

湯気とともに香ばしいパンの香りがのぼってくる。パンの熱で徐々につぶれていくソフトクリームに甘いシロップをかければ、艶《つや》やかなパンの表面を、黄金色と白が混じり合いながら滑り落ちていった。

「こっちでもこの喫茶店があるんだなって思ったら、愛知発祥《はっしょう》なんですね」

メニューの表紙に描いてあるロゴイラストを見つめて、磯部が口を開く。

「突然押しかけてしまってすみません。びっくりしましたよね？」

ひとつ息を吐いてからこちらへ向きなおった磯部が、眉《まゆ》を下げて笑った。その表情だけで、彼がどれだけ悩んだ末にここに来たのか伝わって、健一は首を左右に振った。

「いいんです。気にしないでください。それよりも、ずっと連絡もせずすみませんでした。ものすごく……ご心配をおかけしましたよね……」

伊勢に戻ってくる前、磯部とはほとんど連絡を取っていなかった。いや、健一が一方的に無視していたのだ。磯部の連絡に答えるだけの余裕がないままに、入院してしまったから。

社会人の基本である報《ほう》・連《れん》・相《そう》を怠《おこた》るなんて――自己嫌悪からうつむく健一に、磯部は「いいえ」と声を強めた。

「心配かけたっていいんですよ。あれだけのことがあったんです。休んだって大丈夫です。いくらでも待てます」

優しい言葉に励《はげ》まされて、健一がおずおずと顔を上げると、磯部は柔らかく微笑《ほほえ》んでうなずき、「それに」と言葉を続けた。

「紘來田《いときた》先生の状況は、篠山《しのやま》さんから聞いていました」

「……晴人《はると》に？」

呆然《ぼうぜん》とつぶやく健一へ、磯部は「はい」と穏やかに答える。

「紘來田先生が倒れたとき、僕が先生にかけた電話に、篠山さんが出たんです。そこから会うことになって、事情を話して連絡先を交換したんです。それから、いろいろと相談したんですよ。どうするのが、紘來田先生にとって最善なのか。それでいったん、先生を地元へ帰そうって結論になって。勝手にいろいろと決めてしまって、すみませんでした」

眉を下げて笑って、頭を下げる磯部を、健一は慌ててとめた。

健一が倒れた時、晴人が磯部と連絡をとっていたのは把握していたが、まさかそんな話し合いが行われていたとは。驚いたが、同時に納得もしている。あの頃の自分は心も身体《からだ》もぼろぼろで、まともな会話すらできなかったから。

「なんというか……本当に、ご心配をおかけしてばかりで……」

「心配くらいさせてくださいよ。僕と絋來田先生の仲じゃないですか。それに……今回のことは、我々編集部にも責任があります。あのときはきちんとしたケアができず、申し訳ありませんでした」

両手を膝につき、磯部が深々と頭を下げる。まるで土下座《どげざ》のような姿勢に、健一は大慌てでやめさせようとした。が、どれだけ声をかけても磯部は顔を上げようとしなかった。

「磯部さんっ、ほんと、本当に大丈夫ですから……」

何度目かの声かけで、やっと磯部が顔を上げる。胸をなで下ろす健一を見て、彼は「困らせてしまって、すみません」と苦く笑った。

「自己満足だってわかってても、どうしてもこうしたかったんです。本当は編集部全員で頭を下げたいくらいなんですけど……」

編集部全員って、いったいどれだけの人数になるのか――と戦慄《おのの》く健一を見て、磯部は

「しませんから安心してください」と言った。

「そんなことをしても、紘來田先生に負担をかけるだけですからね。私たちが願うのは、先生が心健《すこ》やかに過《す》ごすことです」

　優しい言葉と眼差《まなざ》しに、健一が胸をうたれていると、磯部が「まぁ、できれば執筆再開してほしいんですけど」とぼそりとつぶやいた。正直すぎる言葉に、健一は思わず噴き出してしまう。

「よかった……笑ってくれた」

　安堵《あんど》の混じった言葉に、健一は自分の頬《ほお》を両手で押さえる。そういえば、磯部と再会してから謝罪してばかりでにこりともしていなかった。

「実は、篠山さんが瓦版《かわらばん》を編集部まで送ってくださってまして……。『柳道散歩《やなぎみち》』、読みました。紘來田先生らしい、温かで優しくて、読む人の背中を押してくれる、素晴らしいコラムでした」

　真正面から褒《ほ》められて、健一は面《おも》はゆさから頭をかく。

「あんなことがあって……正直、もう先生は文章を書かなくなってしまうんじゃないかと思ってました。だから……小説じゃなくても、先生が文章を書いてくれて、本当に嬉しいです」

　磯部は健一が作家デビューしたときからずっと担当してくれている編集者だった。新人賞を受賞した作品を読んで、面白い作品だと思ったから編集に立候補したと言っていた通り、健一が書くどんな作品も面白い、素晴らしいと絶賛しながらしっかりダメ出しもする、頼もしい編集者だ。

磯部の担当作品どころか小説ですらない『柳道散歩』を、それでも変わらず褒めてくれたこと、健一がまた文章を書く日を心待ちにしてくれていたことが、健一の胸にじわじわと染みいってくる。

作家にとって編集者は一番はじめの読者で、一緒に作品を作りあげる同志で、できあがった作品を世に出してくれる道しるべでもある。磯部が身をもって教えてくれたことだ。

磯部にここまで言ってもらって、健一としては応えたいという気持ちになる——けれど、

「……すみません、磯部さん。俺……『柳道散歩』を書いてはいるけど、その……小説は、まだ書ける気がしません」

申し訳なさと情けなさから、健一は知らずうつむいていた。そこへ磯部の「いやいやいやっ」という慌てた声が降りかかる。

「いいんですって、紘來田先生。いつも言っているでしょう？　小説は無理して書くものじゃないって。無理して流行を追いかけるより、自分が書きたいと思う流行があったら書きましょうって」

それはなかなかヒットに恵まれなかったときに磯部が言ってくれた言葉だった。それを

聞いた健一はこう言ったのだ。

「結局、流行は追うんですね」

　あの日と同じつっこみを入れると、磯部はにんまり笑って「そりゃあ、波には乗らないと」とうなずく。

「だから、いいんですよ、紘來田先生。いっぱい休んで、書きたくなったら連絡ください。いや、書きたくなくても時々近況報告をください。なにか思ったこととか、発見とか感動とか。そういうのを作家さんと共有することは、僕たち編集にとって大切なことですから」

　彼の言う通り、磯部との打ち合わせでは仕事の話以外にもどうでもいい世間話や趣味、どこへ旅行したいかという願望など、本当に他愛《たわい》のないことを話していた。そこからネタが降って湧いて、作品に繋《つな》がったことだっていくつもある。

「焦らずじっくりいまの生活を楽しんでください。作家の素晴らしいところは、どんな経験も無駄にならないことですよ」

　ぱちっとウインクつきで言われて、健一はそれもそうかもしれない、と思うと同時に、自分は本当に人に恵まれたな、と痛感した。

　伊勢にいる人たちだけが優しいんじゃない。東京にだって自分を思いやってくれる人はいた。ただ、健一が気づけなかっただけだ。

「本当に、ありがとうございます」

うれしさと情けなさと悔《くや》しさと、自分でも整理できないぐちゃぐちゃな感情が込み上がる中、健一はなんとかそれだけを言葉にして、コーヒーに手を伸ばす。

口にしたコーヒーは苦くほの甘くて、ほっとする温もりが腹の奥に拡がった。

健一が紘來田兼人《かねと》として作家デビューしたのは、大学生の頃だった。昔からいろんな空想をするのが大好きで、頭に溜まる空想の物語をはき出したくて書いたものを、なんとなくもったいなく思って投稿し、運良く作家となった。

健一にとって小説は、自分の内面をさらけ出したような、ちょっと気恥ずかしいものだったから、花江《はなえ》にだけ知らせて、編集部にも覆面作家として扱ってもらった。花江が紘來田兼人の既刊を初版から重版まですべてそろえているのも、健一が編集部からもらったものを送っていたからだ。

雑誌の取材や講演会の依頼が来るような有名作家にはなれなくとも、自分ひとりくらいなら慎《つつ》ましく生活できる程度には安定して作家業をこなしていた健一に、大きな変化が訪れたのは、一年前。

殺人を犯した犯人が、健一の作品を読んで触発されたと供述したのだ。

遠路はるばる伊勢までやってきたというのに、磯部は一泊することもなく東京へ帰っていった。

「絃來田先生の文章を読めたことが嬉しくて嬉しくて……必死に仕事を片付けて、なんとか時間を捻出《ねんしゅつ》したんですよ」

健一以外にも抱えている作家たちの仕事がいち段落し、時間ができるなり新幹線に飛び乗ったのだという。しかも、出張扱いとなっているとのことから、少なくとも編集長公認の弾丸突撃なのだと思われる。

無理はしていないだろうかと不安になるが、それだけ健一を心配してくれていたのだろうと深く考えるのはやめた。

白地に黄色のラインが入った名古屋《なごや》行き特急を見送ってから、健一は線路沿いの歩道を進む。数分と経たずに見えてきた交番の横を通り過ぎるとき、ちょうどパトロールに出ようとしていた駐在さんと挨拶《あいさつ》を交わした。

空にはすでに星がちらほら見えていたが、商店街のアーケードの下は明るい。アーケードに張り付く蛍光灯を見上げて、まるで夜の町から家に帰って明かりをつけたときのような安堵感を覚えた。

「あれ？　健ちゃん、いま帰り？」

背後からの声に振り向けば、アーケードから少し入ったところに充美《みつみ》が立っていた。空《から》のバケツを三つ載せた台車を押す様子から、配達帰りなのだろう。時計を確認すれば七時過ぎ。配達先であろう桜花《おうか》通りのスナックの開店時間は過ぎていた。

「いつもの配達にしては、遅くないか？」

「今日はいつもの配達の後、近々開店するお店の飾り付けについて打ち合わせしたんさ。というか健ちゃんこそ今日は早番と違《ちご》た？　残業せなあかんことでもあったん？」

「いや。駐車場の仕事は定時に終わったんだ。その後、東京で働いていた頃の取引先の人と会って、ちょっとお茶してきたところ」

なんだか少し違う気もするが、嘘は言っていない。

作家はフリーランスであるし、小説という商品を出版社と取引しているのだから。ただ、作家と編集が手と手を取り合い二人三脚で商品である小説を作る、という側面を考えると共同制作者ともいえるかもしれない。

いや、しかし、著作権は作家にあるしなぁ――と考え込む健一の横顔を、充美はじっと見つめた。

「なんとなくやけど、その人と会《お》うてよかったんやね」

はっと我に返った健一が振り向くと、充美は「すっきりした顔しとる」と穏やかな笑みとともにうなずいた。

思わず両手で頬に触れてみたけれど、自分ではよくわからない。そのままふにふにと両頬をもみほぐしていたら、充美が「ぶふっ……」と声を漏《も》らして笑った。

「……笑うほど変な顔か？」

口をへの字にする健一へ、ひとしきり笑った充美が「ごめんごめん」と手を振った。

「なんかな、安心したん。健ちゃん、過労で身体《からだ》壊して帰ってきたやろう？　やから、東京で健ちゃんの体調を慮《おもんぱか》ってくれる人がおらんかったんかなぁって心配やったん」

思いもしない言葉に、健一は目を見開く。充美は健一を見ることもなく、前を向いたままぽつぽつと話した。

「でもな、今日の健ちゃん、少し嬉しそうな雰囲気《ふんいき》やから。ちゃんと、会えて嬉しい人がおったんやなって、安心したわ」

昔と変わらない態度で接してくれていた充美が、実はこんなに心配してくれていたなんて。きっと、いろいろと聞きたいことや言いたいことがあっただろうに、静かに見守ってくれていたんだと実感して、健一は気恥ずかしさから「……あー」と声を漏らしてうつむき、指先で頬をかいた。

「確かに仕事が原因で体調を崩したんだけどさ、会社がどうとか、そういうんじゃないんだよね。どちらかというと、あの人たちは俺を守ろうとしてくれたし。でも、不可抗力《ふかこうりょく》というか……間が悪かったというか……」

実際、編集部は健一に知らせることなく問題を解決しようと動いていた。警察から作者である健一に話を聞きたいと問い合わせがあったときも、作者は関係ないとつっぱねていたという。それなのに、健一が編集部へ打ち合わせにやってきたところへしびれを切らした刑事が乗り込んできたことで、すべてを知ることになってしまったのだ。

その後の出来事をずるずると思い出しそうになったところを、充美の「なぁ」という声が押しとどめた。

我に返って振り向くと、彼女はおずおずと続きを口にした。

「健ちゃんはさ、東京に帰るん？」

「……いつかは、帰んなきゃな、とは思ってる。でも、まだまだ復帰できる気がしない」

あのときのことを思い出すだけで、まだ胸がむかむかして世界がぐらぐらと揺れる気がするのだ。

自分が書いた小説を読んだ読者が、その小説の主人公と同じように人を殺した。殺人なんて恐ろしい行動を、誰かに促してしまうようなものを自分は書いてしまったのかと、恐ろしくて仕方がない。

亡くなった人には大切な人がいたのだろうかと思うと、いまも悲しんでいる人たちがいるのかと思うと、なんの償《つぐな》いもできていない自分が、のうのうと小説を書き続けていいはずがないと思い至る。

いや、本当は、瓦版すらも書いていいはずが――

「べつに、無理して帰ることないいんちゃう？」

いつの間にかうつむいていた健一が、はっと顔を上げて振り向けば、充美も同じように視線を落として、自らが押す台車を見つめていた。

「こんなん言うたら怒られるかもしれんけど……たいていの仕事ってさ、東京におらんくてもできるやろ？　健ちゃんがどんな仕事しとったか知らへんからあれやけどさ、このまま伊勢で前の仕事続けるなり、新しい仕事探すなりしたらええんとちゃうかな」

まるで天啓のような話に、健一の足が止まった。

社会復帰＝東京に帰ると思っていたのに、そんな方法があるなんてまさに目から鱗《うろこ》だ。

いままでもあの事件のことを思うと後悔《こうかい》や恐怖がこみ上げて、動けなくなる。それでも、短いコラムとはいえ言葉を発信することができたのは、伊勢に暮らす温かな人々に支えられたからだ。

恩返しがしたいと思って、応援したいと、背中を押してあげたいと思って、コラムを書いた。

あの作品だって、殺人を教唆《きょうさ》するために書いたわけじゃない。ただ、追い詰められていく主人公の孤独を書いただけ。

健一は、寄り添いたかったのだ。自己嫌悪に陥《おちい》っている人や、自信がない人、落ち込んでいる人に、大丈夫だと、ひとりきりじゃないと伝えたかった。

『作者なんて、関係ないんです。書いた人がなにを思っとったかなんてどうでもいい。ただ私が、高橋《たかはし》さんを素敵やと思って、目標にしただけ。読んだ人がなにを感じるか。それはその人次第。物語なんて、そんなもんやないですか？』

いつかの真里《まり》の言葉が、頭をよぎる。あの言葉に、健一はどれだけの希望をもらったことだろう。

真里だけじゃない。自分の作品を好きだといって、前を向いて進んでいく人たちの背中を見て、健一は、どれだけ勇気をもらえたことだろう。

「……いいのかな、ずっとここにいて。それってなんか、俺に都合がよすぎないか？」

この場所は、健一にひたすら優しいから。

自分なんかがここにいていいのかと、時々不安になる。

「べつにええんちゃう？　生活費さえ払っとけば」

自分の世界に浸りきっていた健一は、充美の現実的な話題にはたと我に返った。

そして、気づく。

「やばい……俺、生活費払ってない……」

「はあぁっ⁉」と、充美の非難の声がアーケード内を響き渡った。

「いや、待て、自動振り込みの仕送りは継続中だろう？　それを生活費に充《あ》てられる……のか？」

顎《あご》に手を添えてうつむき、ぶつぶつと考え事をつぶやく健一を見て、充美は「はあぁ～」と、これ見よがしなため息をついた。

「とりあえずさ、健ちゃんは花江さんといろいろ話し合うべきやと思う。今後のことはそれからやわ！」

腰に手をあてて言い渡された健一は、素直に「はい」と返事をして、さながら謝罪会見のように深々と頭を下げた。

「健ちゃん、聞いたで。生活費について花江さんと話し合《お》うたんやってな？　健ちゃんが自分の現状をきちんと整理できるまで回復してきたんやって、花江さん涙混じりに喜んどったよ」

翌日、遅番で出勤した健一に、同じく遅番でやってきた岡島《おかじま》が笑い混じりにいった。

「……はぁ、そっすね」

対する健一の答えはつれないものだった。今日、この話題を振られるのは岡島で六人目だ。反応が悪くても仕方がないだろう。

昨夜の充美との会話で、生活費という、大人として当然の義務の失念に気づいた健一は、その日のうちに花江と話し合いの場を持った。

結果だけをいえば、自動で振り込まれつづけていた仕送りをそのまま生活費として受け取ることでまとまった。しかし、そこに至るまでの話し合い中も、結論が出てからも、なんなら生活費というワードを健一が口にした瞬間から、花江は涙をぽろぽろとこぼしていた。見かねた三國《みくに》が花江の傍に寄り添い、家族会議に参加したほどである。

健一としては非常にいたたまれない心地ではあったが、花江がぐずぐずと泣いて会話にならないのだから仕方がない。というか、それほどまでに心配をかけていたんだなと、健一はさらなる猛省を己に課した。

そうしてただただ恥ずかしい家族会議を乗り越え、心機一転、頑張って働いていこうと気を取り直した翌朝。健一を待っていたのは、息子の回復を喜ぶ花江の大暴露大会だった。

花江としては、嬉しかったことを世間話として常連客に話しただけだろう。そしてそれを聞いた常連客たちも、健一が伊勢に帰ってきた当初、ベッドから起き上がれないほどに弱り切っていたことを知っているため、純粋によかったなぁと思ってくれていることは理解している。岡島もこんな風に言ってきているが、ずっと心を砕《くだ》いてくれていたからこその冗談だとわかっている。

わかっているけれども、晒《さら》しあげのように感じてしまうのは仕方がないだろう。

心配をかけていると自覚しているだけに、花江にも周りにも文句を言えず、健一は、ほんの少し冷えてきた秋の風で、頬《ほお》の熱を冷やした。


「あれ？　健ちゃん？」

心はやさぐれつつも真面目《まじめ》に仕事をこなしていた健一の背中に、そんな声が掛かったのは、夕方の五時を過ぎた頃。近々新しい店舗《てんぽ》が商店街に開店するとかで、今日からはじまったらしい工事の業者が、駐車場から出ていくのを見送っていたときだった。

声に誘われるまま振り返った健一は、久しぶりに見る顔に、「おぉっ」と軽く声を上げた。

健一の後ろに立っていたのは、柔らかな素材の白シャツと細身の黒いスラックスを着た女性。しっとりとなびく長い髪を右耳の後ろあたりに緩《ゆる》くまとめ、胸元に流している。女らしい格好をしながら、どこかはつらつとした空気を纏《まと》っているのは、陰りひとつ感じられない明るい笑顔のおかげだろう。

「明日菜《あすな》か、久しぶりだな！」

弾む健一の声に、「やっぱり健ちゃんや。久しぶりやね」と答える彼女は、鍵谷《かぎたに》明日菜。

健一のひとつ年下で、中学生くらいまで商店街で暮らしていた。商店街で団子に育った幼なじみのひとりである。

「東京で暮らしとると思《おも》たのに、いつ帰ってきたん？　ていうか、駐車場で働いとんの？」

明日菜は健一が着るジャケットへ視線を移し、首を傾《かし》げた。耳につける長いイヤリングがきらりと揺れ、なんとも色っぽかった。

最後に彼女と会ったのは、東京へ向かう直前の見送り会のときだったか。高校生の女の子が、大人の女性に変化するほどの時間の経過に戸惑いつつ、健一は身体《からだ》を壊して帰ってきたのだとかいつまんで話した。

「体調崩すって、どんだけブラックな会社やったん？　え？　なに業界？　ＩＴ系？　金融？　コンビニとか？」

「……えーっと、クリエイティブ、系？」

と、健一は苦し紛《まぎ》れに首を傾げた。嘘は言っていない。

「べつに、仕事の人間関係がどうとかじゃないんだ。ちょっと、トラブルに巻き込まれてね……」

「いや〜なクライアントに当たったたん？　どこの業界でもおるよな、意味不明な要求するくせに問題は全部こっちに投げてくる客」

頭に具体例が浮かんだのか、明日菜は顔をしかめながら大きくうなずいた。

「なんか、えらく実感がこもっていないか？」

健一がつっこむと、明日菜は「あぁ、にじみ出とる？」と答えてカバンから名刺を取り出した。

「私、少し前まで県外で飲食業のコンサルやっとったんさ。いまはお兄ちゃんらと共同出資した会社の経営しとる」

受け取った名刺には名前の他に企業名や役職名が書いてあり、裏側には、経営しているのであろう、ふたつの店舗の名前が書いてあった。

「『文《ふみ》の部屋《へや》』と、『文《ふみ》の台所《だいどころ》』っていうお店なんやけど、知っとる？」

「文の、部屋？」と健一がぎこちなく首を傾げると、明日菜は「えー知らへんの？　残念」と肩をすくめた。

「『文の部屋』は個室メインの飲食店でな。『文の台所』は持ち帰り専門の惣菜《そうざい》店なん。テレビの取材を受ける程度には話題になっとんのやけどなぁ」

「悪い、俺、最近こっちで暮らし始めたから……」

伊勢に戻ってきてそれなりの時間は経っているが、外に出られるようになったのはここ最近のことだから、嘘はついていない。たぶん。

「いいよ、気にせんといて。車がないと行けへん場所やし。健ちゃん、どうせ免許持っとらへんやろ？」

「都会にいるといらないからな」

「わかるー。私もこっち戻ってきてから取った」

ひとしきり笑った後、明日菜は「あ、そうや」と手を叩いた。

「次の店舗は柳道商店街でオープンするんさ。そこならこれるやろ？　オープンしたら、絶対遊びに来てな。まーくんもおるから」

「まーくん……真《まこと》のことか」

鍵谷真――健一と同級生で、明日菜とはお互いの父親が兄弟で、従兄《いとこ》にあたる。

あれ？　と、ここで健一は疑問が浮かんだ。が、なんとなくそこに触れてはいけない予感がして、もうひとつの気になることを口にした。

「商店街に戻ってくるんだな」

健一の言葉を聞いた明日菜は、目をいっそう輝かせて「うん！」と力強くうなずいた。

明日菜は健一たちと一緒に商店街で団子に育った幼なじみだ。だが、それも彼女が中学生の頃まで。明日菜の父は小料理屋を営《いとな》んでいたのだが、不景気のあおりを食らって店をたたむこととなり、家族そろって伊勢を離れてしまったのだった。

「伊賀《いが》だったたっけ？　おじさんたちはまだそっちに？」

「うん。あっちで農業やりつつ、地産地消の農家カフェやっとるよ」

「なんだそれ。めっちゃ行ってみたい」

「そやろそやろ～？　今度遊びに来てな。ちょっとしたドライブにいい距離やで」

「晴人に車出してもらうか」

農家カフェのHPをしっかりちゃっかり教えてもらってから、健一は明日菜の車を見送った。

キィコキィコときしむ音をたてながらペダルをこぎ、岡島が待つパラソルまで戻ってきた健一は、さっそく教えてもらったHPをスマホで確認する。業務中だが、岡島がきちんと監視しているから問題ない。もしお客が来たら、健一が率先《そっせん》して動くという暗黙の了解だった。

「なんやぁ、健ちゃん。熱心に調べ物しとると思ったら、とくさんのお店やないか」

健一のスマホを横からのぞき見た岡島の言葉に、健一は目を丸くして顔を上げた。

「え、なに。岡島さん。明日菜のお父さんの店、知ってるの？」

とくさんとは、明日菜の父――鍵谷徳栄《とくはる》のことだ。驚く健一を見て、岡島は心外だとばかりに顔をしかめた。

「知っとるに決まっとるやろ。とくさんは俺たちの大事な仲間なんやからな。何回か店にも顔出しとるよ。あの店はええぞぉ。のどかで温かくてなぁ。とくさん一家の人柄がにじみ出た、優しい店や」

その情景を思い浮かべているのだろう。岡島がいつになく優しい笑みを浮かべた。

昔からずっと、商店街の人たちは遠い親戚《しんせき》のようにみんな団子に育っている。健一にとっての明日菜や晴人のように、岡島にとって明日菜の父——徳栄は大切な幼なじみなのだろう。

「ええ～……、めっちゃ行きたいんですけど。俺も誘ってほしかった」

明日菜の両親である鍵谷夫婦は、おっとりと柔らかな雰囲気《ふんいき》の夫婦だった。末っ子の明日菜の他に、長女と長男がおり、家族五人はいつでもどこでも仲良く笑い合っていた。それこそ、店を畳《たた》んで母方の親戚のいる伊賀へ旅立つときでさえ、五人はさっぱりとした笑顔を浮かべていた。

あぁだけど——と、健一はあの日のことを思い出す。

不況による先行きの不透明さと、仲間の閉店という事実に打ちのめされた商店街の面々の重い空気の中、まるで朝日のようにすっと明るい笑みを浮かべた三兄妹は、健一たち幼なじみに向け、こう言ったのだ。

「いつかきっと、ここに戻ってくる」

決意の言葉は、十年の時を経て、現実となった。まさに有言実行である。

「……あ、そういえば」

懐かしい記憶とともに先ほどの引っかかりを思い出して、健一は隣で駐車場の監視をする岡島へ問いかけた。

「明日菜のお店に、真も関わってるって聞いたんですけど……あいつ、会社はどうしたんですか？」

明日菜の従兄である真も、団子に育った幼なじみのひとりである。伊勢どころか三重県全域にチェーン展開する『スーパーオオクラ』を経営している。もともとオオクラの始まりは商店街の精肉店だった。真の祖父母の時代に徐々に商品の種類を増やしてスーパーとなり、真の両親が一気に店舗数を拡大していった。

大学を卒業してすぐあたりで真の父親が不幸に見舞われたことで、ひとり息子である真が跡を継いだと聞いていた。それなのに明日菜の新店舗開業を手伝っているだなんて、そんな時間的余裕があるのだろうか。

首を傾げる健一を見て、岡島は奥歯に物が挟まったような微妙な顔でうなり、スマホで検索し始めた。

「……おぉ、あったあった。これ読んでみ」

相変わらず微妙な顔のまま、岡島は自分のスマホを健一に押しつける。受け取った健一が画面を見てみると、地元の新聞社の記事が表示されていた。表示される文字が大きすぎて、逆に読みづらい文章を必死に読み進めていくと、スーパーオオクラについての記事だった。

「………は？　大手流通会社がオオクラを買収って……え、本当に？　真たちはどうなったの？」

記事にはスーパーオオクラが大手流通会社に買収され、子会社になったと書いてあった。地元密着で三重県民に愛されるオオクラを吸収し、名前や店舗をそのまま活《い》かすことで三重県のシェアを獲得したという。

「真と芳恵《よしえ》さんはもうオオクラに関わっとらんぞ。一応、オオクラを手放したときに結構な金額を手に入れたみたいやけど、負債《ふさい》もあったというしなぁ……。とはいえ、食うに困ることはないいんちゃうか」

バブル崩壊やリーマンショックといった不景気の大波を、オオクラは多数展開していた小規模店舗を整理し、テナントを呼び込んだ総合スーパーの少数展開へと方針転換することで生きながらえていた。しかし、大規模な店舗整理は相応の負債も生み出したらしい。

こんな大ニュースをなぜ知らなかったのかと戦慄《おのの》いたが、記事の日付は一年前だった。その当時の健一は東京にいたうえ、外の情報を手に入れるだけの余裕がなかった。伊勢に帰ってからも、晴人や花江といった周囲の人たちは、あんな状態の健一に伝えようなんて思えなかっただろう。

自分はいま人生の岐路《きろ》に立っていると思っていたけれど、真も大きな決断をしてきたようだ。従業員という少なくない人の人生を抱えている分、真の方がひとつひとつに重い責任がのしかかったことだろう。

　オオクラが商店街に本店を構えていた幼い頃、おやつを買いにオオクラへ行くと、真が祖母と一緒に店番をしていたことを思い出す。おばあちゃんっ子だった真が、誰かの人生を背負った決断をするまでになるなんて。

「……なんか、知らぬ間にみんな大人になってんだなぁ」

　しみじみとつぶやいた健一に、岡島は「なに言ってんだこいつ」といわんばかりに顔をしかめ、「なぁに言っとんねん」と実際に言った。

「健ちゃんだって大人になったから、いろいろ大変やったんやろ」

　思いがけない言葉に、健一は目を瞬かせる。

「……それもそうですね」

「だろぉ？　人生山あり谷あり。なにもない方がおかしいんだ」

　自分の店をもって次代につなげた岡島が言うと、説得力が違う。健一は神妙にうなずいてから、県道へと視線を向けた。

　片側二車線の道路には、今日も車たちがスピード違反気味に走り抜けていた。

「あら、あなた、知らんかったん？」

仕事を終えた健一が、カウンターで遅い夕食を食べながら今日の出来事を話すと、片付けをしつつ聞いていた花江が呆《あき》れたとばかりに声を漏《も》らした。

「新聞載っとったやん」

「いや、その頃俺引きこもってたから」

ばつの悪さからぼそぼそと反論しつつ、飛竜頭《ひりゅうず》をつまむ。

魚のうまみと野菜の甘みが、シンプルながら飽きのこない味わいを生んでいた。すり身のもっちりした食感の中に、野菜や豆のコリコリとした食感が加わり癖《くせ》になる。花江はショウガ醬油《じょうゆ》をつけてくれたが、健一はこの素朴《そぼく》な味をそのまま味わうのが好きだった。

「後からわざわざ話題にあげるようなことでもないし、仕方ないに」

喜ばしいことなら取り上げただろうが、会社を手放したなんて、親戚でもないのに振り返ってまで話題にする必要はないだろう。

「鍵谷さんのお宅も商店街から出てっちゃったし、哲栄《てつはる》さんが生きとった頃はときどき商店街に顔出してくれたんやけど、亡くなってからはまったく交流がないんよなぁ……」

花江いわく、真の母である芳恵は社交的なタイプではないらしく、商店街に暮らしていた頃からあまり外を出歩かなかったらしい。

「まぁあそこはお姑《しゅうとめ》さんが前に出とったから、嫁である芳恵さんはそれをたてて内向きのことしとったんやと思うの」

真とは幼なじみで同級生でもあるのに、健一は芳恵のことをほとんど覚えていない。ゆえに彼女の社交性はわからないが、真の祖母が亡くなった後さっさと本店を閉じて住居を商店街から外に移したことから、姑のために商店街に残っていただけで、芳恵本人には思い入れがなかったのかなと思う。

「芳恵さんが嫁いできた後、オオクラがチェーン展開し始めたから、きっと芳恵さんが大きく関わっとったんじゃないんかなぁ」

花江の話を聞きながら、健一は芳恵の顔を思い出そうとしたが、やはりぼんやりとしか思い浮かばない。健一の記憶の中では、真の授業参観を見に来ていたのは、明日菜の母である梢《こずえ》だった。運動会のときは祖母が来ていたがやはり両親の姿はなく、お弁当は明日菜の両親と食べていたはずだ。

「たくさんのお店抱えて大変そうって、梢さんがいつも言っとったわ。商店街から県内全域へチェーン展開なんて偉業を成し遂《と》げたんやもん。目も回るような忙しさやったんやろなぁ」

だからといって、子供の学校行事を弟夫婦に任せきりにするというのはどうなんだろう。健一の頭に疑問が浮かんだが、詳しい事情も知らない自分にどうこう言う権利はない。

「……でも、もう、オオクラに鍵谷さんは関わっとらへんのやねぇ。結局、兄弟どちらのお店も商店街からおらんなってしもたわ」

商店街の精肉店から始まったスーパーオオクラ。県内で敵なしのシェアを誇ってもなお、なにかの拍子に経営不振に陥《おちい》ることもある――まさに、一寸先は闇だなと、健一は思わず身震いしたのだった。


明日菜との思いがけない再会から数日、駐車場に入ってきた白のセダンを自転車で追いかけた健一は、停車したセダンから出てきた人物を見て、「あ」と声を漏らした。

「お、健一。久しぶりやな」

「真か？　うわ、久しぶり！」

セダンから降りてきた、淡いサックスのポロシャツに紺《こん》のスラックスを穿《は》いた男――真が笑顔で片手を掲《かか》げた。素早く自転車を停めた健一が同じように片手を挙げると、どちらからともなく互いの掲げた手を打ち合った。

「え？　なになに、仕事で来たのか？　明日菜と店始めるって聞いたぞ」

「うん。新しい店の準備でな」とはにかむ真を見て、彼にとって新しい店は喜ばしいことなのだと、健一はひそかに安堵《あんど》した。

「明日菜から健一がここにおるって聞いてな。もしかしたら会えるかなって期待しとったんさ。つーか、帰ってきたんなら教えろや」

「あー……、帰ってきたっていうより、強制的に連れ帰らされたというか……。仕事で身体《からだ》壊して、入院沙汰《ざた》になったんだよね」

ばつの悪さから頬《ほお》をかく健一へ、真は器用に片眉《かたまゆ》を持ち上げてから、なるほどな、とうなずいた。

「健一だけやなくて晴人もなんも言ってこやんから、おかしいと思ったわ。仕事で身体壊したって、大丈夫なん？」

「まぁ、こうやって外に出られるくらいには……」

「いまはリハビリ中ってとこか？　岡島さんらがおるで大丈夫やと思うけど、無理したらあかんで」

そう言って、真は気遣うように健一の腕をたたく。詳しく詮索《せんさく》するでもなく、健一の身体を慮《おもんぱか》る言葉が出てくるところに、真の人の好さがにじんでいた。

「そういう真こそ、新しい店って、どんな店なんだ？」

「小料理屋でな。僕が板前になるんさ」

「小料理屋……」

思わずつぶやいた健一に、真は口を引き結んだままうなずいた。

明日菜たちの父が柳道商店街で営《いとな》んでいたのは、小料理屋だった。いつか帰ってくると言っていた明日菜たちが、有言実行して商店街に開く店が小料理屋ということに、万感の思いが胸に迫る。

「本当に、帰ってくるんだな」

「そうやな。店に立つんはおじさんじゃなくて、僕やけど」

「板前なんてすごいじゃないか。調理師の免許とか、必要なんじゃないのか?」

「食品衛生責任者と防火管理者さえあれば飲食店は営業できるんやよ。調理師の免許も持っとるけどな」

「持ってるのかよ。いつの間に取ったんだ?」

調理師に限らず、資格を取るというのはそれなりの時間や労力がかかるはずだ。つい半年前まで会社を経営していたのに、よく時間を捻出《ねんしゅつ》できたものだと、健一は感心した。

「オオクラは精肉店やったけど、おばあちゃんは本当は小料理屋がやりたかったんさ。そやから父さんとおじさんどちらにも調理師免許を取らせてな。僕も父さんに言われて取ってん」

「おばあちゃん……あ、そっか。それで『文の部屋』」

文というのは、真や明日菜の祖母の名前だ。肝っ玉《きもたま》母さんという言葉がよく似合う人で、お客の要望に応えて取扱商品を増やしていった結果、精肉店からスーパーへと規模が拡大してしまうような、人情に厚い人だった。

健一が覚えているのは、商店街にあったオオクラ本店の、レジ横の椅子《いす》に腰掛ける姿だ。すぐ近くには真や明日菜たち兄弟が固まって遊んでいた。

文は声が大きく、白黒はっきりした性格だったが、なんともいえないかわいらしい雰囲気《ふんいき》を持っており、タンポポのようなにこにこ笑顔で孫や客たちを見つめていた。

「懐かしい。柳道商店街の名物おばあちゃんだったな」

商店街には、その時代その時代の顔がいるものである。文も、誰もが認める商店街の顔だった。

「おじさんはな、おばあちゃんの夢を叶えたくて小料理屋を始めたんさ。でも、おばあちゃんの夢を叶えたかったんは僕の父さんも一緒で、そやから、僕に調理師免許を取らせたんやと思う。僕としても、板前として働くおじさんに憧れとったから、願ったり叶ったりやったけどな」

どこか遠くを見つめながら、真は肩をすくめる。調理師免許は一朝一夕《いっちょういっせき》で取れる資格ではない。きっと、なにかしら苦労があったのだろう。

「柳道商店街で小料理屋しようって、実は、僕から言い出したことなん。おじさんが叶えてくれたおばあちゃんの夢を、僕が引き継ぎたかったから」

こちらへと視線を戻した真は、まるで決意を表すかのように、ぐっと拳を握った。

意外な姿に、健一は内心驚いた。真はどちらかというと平和主義者で、明日菜たち従妹《いとこ》に囲まれて遊んでいるときも、静かにみんなの話を聞いているような子だった。それだけ、小料理屋に――いや、祖母に思い入れがあるのだろう。

「……出店準備、大変だけど頑張れよ。開店したら、絶対行くから」

「開店なんて待たんと、いつでも来てさ。メニューの試作品でよければ、ごちそうするから」

「いいのか？　遠慮《えんりょ》せず本当にごちそうしてもらいに行くぞ」

「いいよ。試作品作ったら連絡するで、晴人とか誘っておいで」

そう言って、真はスマホを取り出した。健一もスマホを手に持ち、ふたりは連絡先を交換した。

「ほな、また連絡するで。仕事頑張ってな」

「真も、開店準備頑張れよ」

互いに手を振り、真が商店街の奥に消えていくのを見送ってから、健一は自転車のペダルをこぎ出す。

明日菜と真。大人になっていくうちに希薄になっていた縁がまた結ばれたことに、健一は今更ながら、伊勢に帰ってきたんだなぁと思った。

明日菜たちとの再会から一ヶ月。長い残暑がやっと終わって長袖《ながそで》がちょうどいい十月中《ちゅう》旬《じゅん》。明日菜たちの新しい店の開店まで後ひと月と迫った頃。

健一は、明日菜たちが密かに抱えていた問題を知ることになった。

その日の健一は早番で、ういろうが食べたいと言い出した花江のため、仕事帰りに商店街駅側出口にあるういろう店を目指していた。

明日菜たちの店は、駅側から入ってひとつ目の十字路の角だったはずだ。行きがけにチラリと視線を向けてみれば、絶賛準備中の店の前で、業者と思われるつなぎ姿の男数人と一緒に、難しい顔で座り込む明日菜と真を見つけた。

「おーい、ふたりとも」

声につられて、ふたりがこちらを振り向く。その表情はやはり暗かった。新店舗《てんぽ》開業という、人生の門出に向けて充実した日々を送っているはずなのに。

いったいなにがあったのかと、健一がいぶかしんで近づいてみると、業者の男たちの視線の先——新店舗の引き戸の玄関に、べっとりと白い塗料がぶちまけられていた。

「なんだ、これ……」

思わずつぶやいた健一に、座り込んで現状を観察していた業者の男が「ひどいっすよねえ……」とうなずいて立ち上がる。

「しかもこれ、二回目なんですよ」

「はあっ⁉」と驚く健一へ、業者の男は「前回は、あっちの壁にペンキぶちまけられました」と、店舗端の壁を指さした。

「白の漆喰《しっくい》を塗る予定やったんで、まぁなんとかなったんですけどね」

彼の言う通り、この店舗の壁は真っ白な漆喰が塗ってあり、焦げ茶の柱とのコントラストがレトロモダンな雰囲気を醸《かも》し出していた。

が、レトロモダンな雰囲気作りに大いに役立っている木製の格子戸《こうしど》に、いまは白い塗料が張り付いている。

「……これ、明らかに悪意を持ってやってるよね。酔っ払いのいたずらってレベルじゃない」

柳道商店街の裏に、いくつもの飲み屋が軒《のき》を連ねる桜花通りがあるため、深夜に商店街を酔っ払いが徘徊《はいかい》することは珍しいことではない。悲しいことに、酔っ払いがなにかしら問題を起こすこともままあることだった。

「我々も最初は質《たち》の悪いいたずらかと思ったんですよ」

業者の男曰《いわ》く、最初の被害の時は、ブルーシートで目隠しをしてはあったが、現場にペンキをおいていたそうだ。わざわざブルーシートの下を探ってまで酔っ払いがいたずらするのかと疑問はあったものの、まだ準備段階のお店に誰かが悪意を持つとも思えず、店内にペンキを片付けることにして様子見となったらしい。

「これで二回目……しかもこれ、ペンキやなくて白い絵の具なんですよ。水で溶いてぶちまけてある。多分、ペンキが見当たらんかったから自分で用意したんでしょうね」

業者の男がそう説明している間に、別の作業員が水を張ったバケツを持ってきた。それを受け取った業者の男は、ズボンのポケットからぞうきんを取り出し、バケツの水でたっぷり濡らしてから塗料で汚れた引き戸をぬぐってみる。乾いてカピカピになっていた白い塗料が、何度かぬぐううちにするりととれた。業者の男の背後で、真や明日菜が「よかった……！」と安堵の声をもらす。

「これならなんとかなりそうですね」

「ほんまよかったです」

立ち上がって額の汗をぬぐう業者の男へ、明日菜はほっと胸をなで下ろしながらうなずいた。

「前回も漆喰を塗る予定の壁やったし、鍵谷さんは運がいいですね」

嫌がらせをされているのに、運がいいとはなんだろう。健一たちの疑問が伝わったのか、業者の男も「まだ取り返しがつく程度でよかったって意味ですよ」とかぶりを振った。

微妙な空気の中、白い塗料のついた引き戸をじっと見つめたまま、明日菜がぽつりとつぶやいた。

「……おそらくなんですけど、この犯人は、私らが本気で困るような嫌がらせは、できへん人なんやと思います……」

「たしかに、二回ともなんとか対処できたけどさ……。三回目があるかもしれないし、ちゃんと調べた方がいいんじゃないか？」

健一の提案に、業者の男も「そうですよ」と大きくうなずく。

「次は取り返しのつかへんことをしてくるかもしれへんやないですか。やっぱり、警察に届けましょうよ」

交番は商店街の駅側出口にある。ここから歩いて数分だ。しかし、明日菜と真は暗い表情でゆるゆると首を横に振った。

「防犯カメラの映像を確認してみよう。もしかしたら、犯人が映っているかも」

防犯カメラは商店街の十字路ごとに設置している。定点ではなくゆっくりと左右を見渡しているので、必ず映っているとは言えないが、確認するだけの価値はあるだろう。

防犯カメラの映像は商店街の事務所で確認できる。いまはまだ四時前だから、事務員さんが働いているはずだ。あらかじめ晴人に事情を説明して事務員さんに話を通してもらえば、すんなりと見せてもらえるだろう。

「そうしたほうがいい」と大きくうなずく業者の男と違い、明日菜と真はやはり難しい顔で首を横に振った。

「……せっかくいろいろ考えてくれたのに、ごめんな」

「実は……さ、心当たりがあるんさ」

視線を落とし、力なく告げたふたりの言葉に、健一と業者の男は「えぇっ⁉」と、声をそろえて驚いた。

「あ、だからこれ以上被害がエスカレートしないと思うって言ったのか」

健一の指摘に、明日菜が「そういうこと」とうなずいた。その苦々しい表情から、相手を一方的に憎めない、明日菜の葛藤《かっとう》を感じた。

説明しようとして、やはりなにも言えずうつむく明日菜の隣で、真が長い長いため息とともに頭を荒々しく掻《か》いた。

「ごめん、まだ確定しとるわけやないし、詳しいことは話せへん。業者の皆さんには手間を増やして申し訳ないんですが、このことは、こちらで預からせてもらっていいですか？」

「もし、私らが思っとる人と違ったら、そんときは警察に相談します。そうなったら、カメラの映像も確認させてほしいな」

胸元で両手を握りしめた明日菜は、決意のこもった目で健一を見返した。

「……わかった。なにかあったらすぐに連絡してくれ」

ふたりの決意のこもったまなざしを前に、健一はただ、そう伝えることしかできなかった。


「……で、かっこつけて引き下がったくせに、やっぱり気になってカメラ映像を確認することにした、と」

「だってあんな悲壮《ひそう》感たっぷりな顔で言われちゃったらさぁ、わかった以外の返事できるか⁉」

柳道商店街の照明すら落ちる深夜、商店街の事務所にて、健一が頭を抱えてデスクに突っ伏した。彼の隣では、晴人がパソコンをいじりながら「なにも言えねぇわなー」とうなずいている。

「まあでも、俺もあのふたりだけに任せるんはよくないと思うで。犯人が知り合いやったとして、相手は悪意を持って嫌がらせしてきとんのやし、話し合おうとしたとこで、余計こじれるんちゃうかな」

「うまくことが収まればいいんだけど……、第三者が入った方が丸く収まることもあるしなぁ」

真たちが助けを求めていないのに、こちらから首を突っ込むような真似《まね》をするつもりはない。けれども、なにかあったときにすぐ対応できるよう、できることはすべてやっておきたいと思ったのだ。

とはいえ、勝手に犯人捜しをすることに迷いがないと言えば嘘になる。実際、真たちと別れた後、健一は目的のういろうを買って一度は家に帰《こ》ったのだ。

「花江さんのお使いついでに、俺にもういろうを買うてきた時点で、決意固めとるやろ」

そうぼやきながら、晴人はキーボード横に用意してあるういろうを一切れ口に含んだ。

「こしあんうまいよなー。商店街の本店でしか売っとらんのやで」

「え、なにそれ知らなかった。だから母さんもこしあんこしあん言ってたのか」

商店街にあるういろう店は伊勢銘菓《めいか》として有名で、外宮《げくう》や内宮《ないくう》の参道だったり全国の百貨店や高速のサービスエリアなんかに出店している。

季節限定商品をはじめ、色とりどりのういろうがある中で、柳道商店街にある本店でしか買えない特別な商品が、こんな地味なういろうとは……。驚くと同時に、このこしあんゆえの舌触りの良さとすっきりとした甘さ、そしてもちもちしていながら重たくない柔らかな味わいは、限定にするだけの価値があると、健一はひとかじりしたういろうをまじまじと見つめた。

「で？　問題の時間は今日の昼やったか？　ちょっと思たんやけどさ、健一が真たちに会《お》うたのって三時過ぎやったよな。普通、もっと早く気づいて対処しとるんちゃうの？」

言われて、健一もはたと気づく。一般的に、工事作業は午前中から行われているはずだ。普通に考えて、作業員は気づいた時点で真たちに連絡しているだろう。

「……連絡を受けた真たちが現場に駆けつけたのが、あのタイミングだったとか?」

「そうやったとしてもさ、濡れたぞうきんでぬぐうくらい、先に軽く試しとるんちゃう?」

「今日は土曜日だったから工事が休みだったんだよ。で、午後から店へやってきた明日菜が、あの現場を見つけたんだ」

晴人と健一しかいないはずの事務所に、第三の声が響く。

健一と晴人が驚いて振り向くと、事務所の入り口に、真が立っていた。

「おー、真。災難やったなぁ」

「災難ではあるけど、まだ取り戻せる程度やし、まぁ、ましかなって」

真は肩をすくめながら歯切れ悪く答えると、晴人のデスクにコンビニ袋を置いた。

「健一のことやで、晴人を巻き込んで調べ始めるやろなって思って事務所来たんやけど、正解やったな」

大当たり過ぎてぐうの音《ね》も出ない健一の隣で、晴人が「まんまそれな~」と答えながら袋に手を伸ばす。中にはチルドカップコーヒーが三つ入っていた。

晴人は取り出したコーヒーを健一と真、それぞれに配り、自らもストローをさして口に含んだ。

「まぁとりあえず、白昼堂々と犯行には及ばへんやろから、昨日の夜から映像確認してみよか」

カップを脇に置いて、晴人がパソコンを操作する。モニターに、商店街に設置してある監視カメラの映像がすべて表示された。

「真らの店がある十字路は……これやな」

柳道商店街は、十字路と東西の出入り口に監視カメラを置いている。真たちの店は東側から入ってひとつめの十字路にあるので、晴人は二番のカメラを選択した。

監視カメラの映像がモニター全体に映し出され、健一と真が晴人の左右からのぞき込む。監視カメラは、真たちの店からちょうど対角の位置に設置してあった。映像は左右にゆっくり動いているが、目的の店が中央にあるため、常に映っている状態だった。

カメラの映像がゆっくりと左にたどりついたとき、右端に映る店の入り口に人影が現れた。

「あ」と全員が声をそろえ、モニターにぐっと顔を近づける。左を向いたまましばし静止する映像の中で、右端に映る人物は店の扉前にとどまったままなにかごそごそと動き、カメラが左へ動き出す頃には映像の外へ消えていった。

「時刻は深夜一時か……」

画面右端の時刻を確認し、晴人がメモをとる。

「本当に映ってたよ……」

ため息とともに、健一はつぶやいた。犯行が行われたのだから、映っていて当然なのだが、いざ目《ま》の当たりにするとそれなりに衝撃だった。

「でも、どこの誰だかわからなかったな。なんとなく、女性っぽいか？」

残念ながら、柳道商店街の監視カメラは古い。動くものを追いかける機能もなく、ただ首を左右に振るだけという代物《しろもの》だった。

「映像がザラザラすぎて、小柄やなぁ、くらいしかわからへんな。お年寄りやったら男性の可能性もあるし……そろそろカメラの買い換えを検討《けんとう》した方がええかもな」

カメラ買い換えへ向けた諸々《もろもろ》の根回しを予想したのか、晴人が両手で頭を掻いた。

「ザラザラな映像だけど、犯行の様子はバッチリ映ってるし、警察に渡せばなんとかしてくれるだろう」

憂鬱《ゆううつ》そうな晴人の隣で、健一がデスクの引き出しからＵＳＢメモリを取り出す。

「ごめん、ふたりとも。警察に届けるんは、少し待ってもらえへんかな」

ＵＳＢを挿そうとしていた健一たちは、声に誘われるまま振り向く。晴人の左後ろに立つ真が、途方に暮れたような力ない笑顔を浮かべていた。

「もしかして……思っていた通りの人だった？」

「あぁ、そうか。心当たりあるんやったっけ」

「多分、な。背格好が似とる」

ふたりに問いかけられた真は、弱々しくうなずいた。

「どこの誰かとか、犯行の動機はとか、聞かない方がいいか？」

「……そうやな。聞いたところで、気持ちのいいもんやないよ。僕も理解しがたいからな」

表情こそ笑顔だが、長い長いため息とともに答える姿は、あまりにくたびれて見えた。

「…………大丈夫か？　抱えきれないと思ったら、俺たちでよければいくらでも力になるぞ」

「そうやぞ、真。おまえは昔から生真面目《きまじめ》すぎる。明日菜も楽観的に見えてひとりで抱え込むとこあるし。ふたりの手に余るんやったら、ちゃんと声かけてな。俺らは同じ商店街の仲間なんやで」

晴人の言う通り、明日菜が誰かに頼るところを、健一はあまり覚えていない。明日菜たち三兄妹の仲がとてもいいため、兄妹間で力を合わせて大抵のことを解決してしまうのだ。けれども、今日の明日菜の表情を思い出すに、今回の事件は彼らの手に余っているように思う。

「他人だからこそできることもある。もしものときのために、心の隅にでも覚えておいてくれ」

「……ありがとう」

ほっと力を抜いてうなずく様子から、自分たちの言葉がきちんと真に届いたのだとわかり、健一と晴人は視線を合わせてうなずき合った。

今日のところはいったんお開きにしようと、健一がUSBを引き出しにしまい、晴人がモニターに映る過去の映像のウインドウをとじた、そのときだった。

「ん？　………………おい、これ見て」

鋭い声とともに晴人が指さした先は、いくつも映る現在の監視カメラ映像のひとつ。真たちの店がある十字路の監視カメラだった。

左右から健一と真がのぞき込み、目を細めて注視する中、晴人はパソコンを操作して問題の監視カメラの映像をモニターいっぱいに映し出した。

先ほどまで見ていた過去の映像と同じく、ゆっくりと右に動くカメラ映像の左端、真たちの店の入り口に、小柄な人影があった。

「え、これいまの映像だよな？　現行犯じゃないか！」

「すぐ行って捕まえるぞ。これ以上なんかされたく――」

立ち上がりかけていた晴人が、そこで言葉を止めた。隣で椅子《いす》から腰を上げた健一も、中腰の姿勢で固まる。

ふたりの視線の先――監視カメラに映る人影が、店の中に入っていったからだ。

「は？　え？　なんで入ってんだよ！」

「おい、真！　鍵《かぎ》はどうしたんや。閉め忘れたんか⁉」

ふたりそろって勢いよく立ち上がり、真へと振り向けば、彼は真っ青な顔でモニターを凝視し、「あかん……」とつぶやいた。

「明日菜や。明日菜がまだ店におる」

「はぁっ⁉」と驚く健一と違い、晴人は「早《はよ》う行くぞ！」と真の腕をつかむ。驚いて固まっている場合じゃないと健一も気づき、椅子に足下をとられながらも晴人たちに続いて事務所を後にした。

扉を閉め、階段を降りる頃には、真も衝撃から立ち直ってしっかりとした足取りで歩を進めていた。

「おい、真。お前が目星をつけている犯人は、明日菜に対して危害を加えるような人間か？」

「……いや。誰かを傷つけるなんて、そんな大それたことができる人やない。嫌がらせやって、取り返しつかへんほどひどい事態にはならんかったし……」

どこか上の空に答える真は、犯人が明日菜に危害を加えるはずないと確信していると言うより、そうあってほしいと願いを込めて口にしているようだった。

商店街の事務所がある雑居ビルは、商店街の中央に位置している。東端にほど近い真の店まで、三人は全力疾走した。

普段、仕事で動き回ることが多い健一や晴人と違い、真は運動不足なのか早くも息を切らして遅れ始めた。健一は後ろを振り返り、真のペースに合わせるか迷った――が、足を止めるより早く、晴人が声を上げた。

「真、悪いけど先に行くでな！　健一もっ、緊急事態なんやで急ぐよ！」

晴人の指示に大きくうなずいて、健一は緩《ゆる》めかけていた速度を戻す。チラリと後ろを振り返れば、立ち止まってしまった真が、膝に手をついて息を切らしていた。

「真、あと少しだから頑張れ！」

目的の店はもうすぐそこに見えている。健一はいまにもうずくまってしまいそうな真にそう声をかけて、晴人と一緒に店を目指した。

店の出入り口である格子戸《こうしど》は、昼間の白い汚れが落ちて元の木目と深い色味を取り戻していた。健一がたどり着くと同時に、晴人が格子戸に手をかける。

「いい加減にしてちょうだい！」

扉の向こうから、女性の叫び声が響いた。明日菜ではないが、聞き覚えのある声に、晴人は格子戸に手をかけたまま動きを止め、健一と視線を合わせる。

互いに同じ人を頭に浮かべたのだろう。ふたりはうなずき合い、そっと格子戸に耳を寄せた。

「何度言うたらわかるん？　真はこんな小さい飲み屋で働くような人間やないの！」

「一応、小料理屋と銘打《めいう》ってるのでそう呼んでほしいんですが……そもそも、飲み屋やろうと小料理屋やろうと店は店です。失礼なこと言わんといてください」

「別に飲み屋があかんとは言っていないやろ⁉　オオクラの主人がこんな小さい店舗《てんぽ》の従業員になるっていうんが問題やって言っとんの！」

「オオクラと真さんはもう関係ないです」

「関係ないわけないやろ！」

ひときわ大きな声とともに、ガシャンとなにかが割れる音が聞こえた。晴人が慌てて格子戸を開けるより早く、背後から伸びてきた腕が乱暴に開け放った。

バンッ！　と大きな音を立てて、格子戸が開く。

真と明日菜が作り上げている小料理屋は、店外の黒に近い焦げ茶と白を基調とした厳《おごそ》かで少々重苦しい雰囲気《ふんいき》と違い、店内は白木をふんだんに使った暖かな空気感だった。

入って右には小上がりの座敷席があり、少し黄みがかった柔らかな色の畳《たたみ》が敷いてある。左手にはカウンターがあり、カウンターを挟んで厨房《ちゅうぼう》側に明日菜が、客席側に年配の女性が立ち、ふたりとも驚きの表情でこちらを振り向いていた。

「いい加減にせえよ、母さん！」

健一の背後から、いままで一度も聞いたことのない、地を這《は》うような低い声で真が怒鳴ると、客席側に立っていた女性——鍵谷芳恵は、びくりと身体《からだ》を震わせた。カウンター席の奥で、陶器《とうき》が砕《くだ》け散っている。さっきの音の正体はこれだろう。

健一たちの前に出た真は、芳恵をきつくにらみつけて言った。

「ここで働くって決めたんは僕や。嫌がらせしたり、明日菜に絡むんやない！」

「な、なんでそんなこと言うの？　あなたはオオクラの主人なんよ！」

芳恵はすがるように真の両腕にしがみつく。

「オオクラはもう僕らの会社と違う」

「そんなんっ……徳栄さんらがお金貸してくれへんかったからやろ！　そやのに、当てつけみたいに商店街に店建てて……そこであなたを働かせるやなんて!!」

芳恵は背後を振り返ると、カウンター奥に立つ明日菜へ向けて手を振り上げた。それを、真がつかんで押しとどめる。

「母さん、やめな！」

「離しい！　あなたは知らへんやろけど、これはほんまに当てつけなんやよ！　昔、徳栄さんのお店が危なかったとき、私らがお金を貸さんかったから!!　あんときのことを恨んでお金貸してくれへんかったんよ!!」

はっと目を見開く明日菜へ、芳恵はさらに続けた。

「仕方なかったんよっ、私らだってオオクラを守るために必死で……助ける余裕なんてなかった！　そやのに、あんたらは恨みに思って、こんな店まで──」

「いい加減にせえ‼」

真の怒号が、芳恵の言葉を遮《さえぎ》った。すぐ目の前で怒鳴られ、半ば正気を失っているように思えた芳恵も、さすがに押し黙る。

「訳のわからん被害妄想で的外《まとはず》れなことばっか言うんやない。ええか、明日菜らはあんたとは違うんねん。僕がオオクラを手放すか迷っとったとき、明日菜らは支援を申し出てくれたんや！」

「え……」と、芳恵が明日菜へと顔を向けると、彼女はぎこちない笑みとともにうなずいて、「断られてしまいましたけど……」とつぶやいた。

「断った……？　なんでっ！」

「支援してもらったところで、一時しのぎにしかならへんからやよ。僕はオオクラの社長として、従業員やその家族の生活を守る義務がある。彼らを解雇して細々と生き残るより、オオクラの規模をそのまま維持して活用してくれる会社に譲《ゆず》ったほうが、影響が少なくすむと判断したんや」

「そんな……オオクラを守るために、どれだけ苦労したと……！」

「知っとるよ。母さんはいつだってオオクラのためって言うとったもんな。僕のお世話は家政婦に、学校行事はおじさんらに任せて、進学はオオクラの経営に必要やからって母さんが決めたとこしか認めてくれへんかった」

健一と晴人は真と同級生だから知っている。小学生の頃、学校の行事で真と一緒にいたのは、いつだって叔父《おじ》の徳栄一家だった。中学校の行事でもそう。でも、それも徳栄たちが引っ越してしまうまで。それ以降は、真のもとへ誰も来てくれなくなった。

「だ、だって……私は、オオクラの嫁やから、オオクラを守らんと……」

カタカタと震えながらかぶりを振る芳恵へ、真は静かに告げる。

「そうやな。やから僕も、守ったんやよ。オオクラは、これからも残る。僕らとは関係ない場所で」

「あ、あぁ……」と言葉にならない声を漏《も》らして、とうとう芳恵はその場にへたり込んだ。うつむいた顔を両手で覆《おお》い、すすり泣く。その、細く頼りない背中に、明日菜がそっと声をかけた。

「あの……、昔のことは、正直、恨む恨まへんとか、単純に言い切れる話やないと思ってます。でも、兄たちの高校の授業料を払ってくれたことは、感謝してます。おかげで、ふたりとも退学扱いにならんと転校できました」

「ありがとうございます」と言って明日菜が頭を下げると、それを見た芳恵は、とうとう声を上げて泣き出した。

まるで幼い子供のように上を向いてわんわんと泣く姿は、哀れでもの悲しいものだった。だが同時に、これまで芳恵が抱えていたオオクラという重荷から、やっと解放されたようにも見えて、健一は無意識のうちに、ほっと息を吐いた。

結局その日は、芳恵が落ち着くのを待ってから解散となった。まだすんすんと鼻を鳴らす芳恵の腕をつかみ、真が店を出ていく。その後ろ姿を健一たちは見送ってから、戸締まりをする明日菜を待った。

「今日はありがとうな。というか、身内のゴタゴタに巻き込んでごめんな」

明日菜の車が停めてある駐車場を目指して歩き出したところで、明日菜が健一たちへ向けてお礼を言った。居心地が悪いのか、明日菜はふたりをちらりと見て、すぐに視線を前へ戻す。

「……いや、俺の方こそ、勝手に首を突っ込んで悪かったな。しばらく待ってほしいって、言われていたのに」

きっと最初から犯人が芳恵だとわかっていたのだ。親同士のお金の問題というデリケートな内容を含んでいたから、他人を巻き込みたくなかったのだろう。いまさらながら、自分の無神経さが情けなく思えて、健一はうつむいて頭を掻《か》いた。

「ううん、ええんよ。健ちゃんがほんまに私らのこと心配してくれとるって、わかっとるから。それに、他人であるふたりがおってくれたからこそ、伯母《おば》さんは私らの言葉を聞いてくれたんやと思う」

もしかしたら、今日に至るまでに何度か話し合いをしたのかもしれない。前を見つめる明日菜は、ただただ天真爛漫《てんしんらんまん》だった子供の頃と違って、いろんなことに折り合いをつけて前に進む、大人の女性の顔をしていた。

「オオクラに、支援の話持ちかけとったんやな。すごいな……もし俺が明日菜らの立場やったら、絶対できひんだと思う」

ずっと黙っていた晴人が、思わずこぼれたかのような細々とした声で問いかけた。自分の立場で想像したのだろう、苦しそうに顔をしかめる晴人を見て、明日菜はどこかうれしそうに笑った。

「私らも、きれいに納得して言うたことやないんよ。お父さんがな、おばあちゃんの大切なお店やから助けたいって……そやったらそうしよかって結論になったん。結局、断られたけどな」

支援を受けても一時しのぎにしかならないと言っていた真を思い出して、健一は空を見上げた。街灯の明かりの向こう側で黒さを増す夜空に、ポツポツと瞬く星が見えた。

「真もすごいよなぁ。従業員を守って、オオクラも残したんだから」

しみじみとつぶやく健一の隣で、晴人も大きくうなずいた。

「あんな大会社に売るなんて、どうやったんやろな」

「青年会議所の全国大会で知り合《お》うた人を通じて、自ら売り込んだんやって」

「あの真がなぁ……」

「従業員の生活がかかっとんのやで。必死やったんやろ」

晴人の言葉に、健一は違いないとうなずき、県道へと視線を向ける。

ちょうど走り抜けていった大型バイクの駆動音が、照明の落ちた商店街の中を何度も反響するのを聞いた。


深夜の騒動から数日後、早番で駐車場に立っていた健一は、見覚えのある白のセダンを追いかけて自転車をこぎ出した。

キィコ、キィコときしんだ音を響かせながら、離れていく車を追いかける。やがて車は減速し、駐車場に停車する。運転手が出てくる頃には健一も追いついて、車の真後ろに自転車をおいた。

「よ、お疲れ、健一。今日は朝からなんやな」

「真こそ、今日は朝から準備か？」

伝票に時間と車両番号を書き記しながら健一が問いかけると、真は「開店までもう時間ないでな」と答えた。

「この間は、いろいろと巻き込んでもうてごめんな」

書き留める手を止めて、健一は真を見る。彼は困ったように眉《まゆ》を下げて微笑《ほほえ》んでいた。

「気にするなよ。あれは俺の方から首を突っ込んだんだ。デリケートな問題なのに踏み込んで、ごめんな」

「いや……おってくれてよかった。健一と晴人がおったからこそ、僕も母さんにきっぱりとした態度がとれたんやわ。ほんまは、もっと早くに腹を割って話し合うべきやったんやけどな」

真と芳恵のオオクラに対する思いの違い、真が抱える幼少期からの寂しさと鬱屈《うっくつ》、それを埋めてくれていた徳栄一家の喪失《そうしつ》――きちんと話し合おうとすると、降り積もったすべてを芳恵にぶつけることになる。

踏ん切りがつかず中途半端となってしまった真の態度は、芳恵の行動をじわじわとエスカレートさせてしまったそうだ。

「明日菜は不安やったと思うよ。従兄《みうち》やなかったら、呆《あき》れて見捨てられたんちゃうかな」

「そんなことないだろ。きっと、明日菜は信じていたと思うぞ。お前のことも、芳恵さんのことも」

そうでなければ、健一が関わった時点ですべてを打ち明けていただろう。

真も同じ考えに至ったのか、「そうやな」と息を吐いた。

「今回、僕が明日菜と小料理屋をしようと思ったんはな、父さんの遺言《ゆいごん》やったからなんさ」

「遺言……じゃあ、芳恵さんも知っていた？」

真は頭を振り、「僕ひとりのときに聞いたもんで……」と答えた。

「入院して、もうほとんど眠ってばっかりの頃にな……ふと目え覚ました父さんが、言うたんよ。『徳栄には申し訳ないことした。あいつは母さんの夢を叶えてくれたのに』って
……」

あの時代はみんな大変だったと、健一も岡島たちから聞いている。でも、その言葉をかけたところでなんの意味があるだろう。健一は口をつぐんで、真の言葉を待った。

「一度は壊れてしもたけど、今度は僕らが、おばあちゃんの夢を叶えたいって思たんさ」

こちらをまっすぐに見て言い切る様は決意表明に見えて、健一はそんな彼の腕をたたき、言った。

「おばあちゃんが残したオオクラも、守られたことだしな」

真ははっと目を見開いた後、緊張がほどけるかのように、柔らかく微笑んだ。

柳道散歩　第九回『商店街の顔』

昔から人が集まる場所には、その集まりの『顔』となる人が現れるものである。かくいう柳道商店街にも、その時代ごとに、商店街の『顔』とも呼べる人がいた。

筆者が思い浮かべる商店街の『顔』は、鍵谷文さんだ。皆さんご存じであろうスーパーオオクラを、商店街の精肉店からスーパーへと成長させた人である。

筆者の知る文さんは、声が大きく曲がったことが大嫌い。悪いことをするとぴしゃりと叱《しか》るが、いいことをしたときはこれでもかと褒《ほ》めてくれる。商店街にあるオオクラ本店のレジ横にニコニコ笑顔で座り、お客さんや孫たちとの会話を楽しんでいた、そんなパワフルでかわいらしいおばあちゃんだった。

商店街はたくさんの店の集合体であるから、商店街として大きな決断がまとまらないとき、それぞれの店の都合でいざこざが起こることがまれにある。

そういったときに、対立してしまった人たちの店をひとつひとつ回って、落とし所を見つけてくれるのが文さんだった。

「文さんがそう言うなら……」と言ってうなずく大人を、筆者も何度か見たことがある。

さて、なぜ筆者が文さんのことを話題にしたかというと、つい先日、彼女の孫たちが柳道商店街に新しい店をオープンしたのだ。

かつて文さんが育てたスーパーオオクラは、惜しまれながらも柳道商店街から旅立ち、三重県内でいくつもの店舗《てんぽ》を抱える大企業へと成長を遂《と》げた。

大変喜ばしいことだが、かつて文さんが立っていたオオクラ本店が商店街からいなくなったことを、筆者を含めた商店街の面々はとても寂しく思っていた。

しかし、昔を懐かしむ気持ちは、ありがたいことに文さんの孫たちも同じだった。幼少期を商店街で過ごし、スーパーオオクラとともに巣立っていった彼らが、いろいろな経験の末に、商店街へ戻ってきてくれたのだ。

彼らが新しく開いた店は、小料理屋『文の夢』。彼らの祖母である文さんは、いつか小料理屋を開きたいと言っていたそうで、その名の通り、彼女の夢を叶えた店といえるだろう。

木組みに漆喰《しっくい》の壁という厳《おごそ》かな店構えでありながら、ひとたび店内に入ると、白木と畳《たたみ》が美しくも暖かい、柔らかな空気感に包まれる。どことなくなつかしさを感じるそれは、祖父母の家を思い起こさせた。

出てくる料理は本格的な和食から家庭料理まで様々で、その日の仕入れに合わせて板前がメニューを決めるため、毎日通っても飽きることはない。

祖母の夢を叶えたお店――それだけで十分のぞいてみる価値のある店だが、切り盛りするのはあの文さんの孫たちだ。

遠くない未来に、柳道商店街をまとめる顔役として頭角を現してくれるだろうと、同年代である筆者は期待している。

未来の柳道商店街の顔に、皆さんも、会いに行ってみてはどうだろうか。


オープンした『文の夢』は、お客の待ち時間が発生するほど大盛況だった。ランチ時間開始と同時に来店していた健一と晴人たち兄妹は、カウンターで三人仲良く並んで座りながら、店内を見渡した。

あの、芳恵強襲事件の日以来だが、お客が入ると、店内の雰囲気《ふんいき》も変わるものなんだな、と健一は感心した。あの日は夜だったということもあり、温かくも落ち着いた印象が強かったが、いまはお客の話し声や厨房《ちゅうぼう》から伝わる熱気で明るくにぎやかな空気に包まれている。前の雰囲気も好きだったが、やはり店というのは、活気あってこそだと健一は思った。

カウンターでは、板前服を着た真が料理を作っている。オープンしたばかりで人が足りないからと、明日菜もエプロンをつけてお客の案内をしていた。

「お待たせしました、昼御膳《ひるごぜん》です」

従業員の女性が、カウンターの内側からお盆に載った料理をテーブルに置く。それを意味もなく両手を持ち上げて見守り、三人分の料理がそろったところで、目配せしてから両手を合わせた。

「いただきます！」

三人の声に、真と明日菜が「どうぞ」と声をかけてくれる。健一たちはいそいそと箸《はし》を取り、それぞれ思い思いに食べ始めた。

今日の昼御膳のメインディッシュは天ぷらだった。からっと揚がった天ぷらは、やはり職人じゃないと作れない。どれからつまむか迷ったものの、やはりここはメインからだろうと、健一はエビをとる。天つゆに軽くつけてから口に含めば、しゃくりという軽やかな音が響いた。ふわりと鼻を抜ける出汁《だし》の香り。そして、ぷりぷりのエビからじゅわりと広がるうまみ。

「うん〜ま！」

思わず声を上げれば、こちらに背を向けて天ぷらを揚げていた真が振り返り、照れくさそうに笑った。

『文の夢』でランチを堪能《たんのう》した後、他のお客が待っているのに長居はできないと、健一たちは店を後にした。

天ぷらがおいしかった、味噌汁がおいしかった、漬物がおいしかったと、真の料理がいかに素晴らしかったのか、まだまだ話し込みたい気分だったが、晴人たち兄妹はこれから仕事が残っていることもあり店の前で別れることになった。

ひとりになった健一は、このまま家に帰る気にもなれず、駅へと歩き出した。

ふと立ち止まった場所は、電車に乗った磯部を見送った線路沿い。健一はスマホを取り出し、画面を操作する。編集部の文字が映ると、通話ボタンを押した。

「磯部さん、この間は遠路はるばる会いに来てくれてありがとうございました。……ええ、ちょっと近況報告というか、これからのことをなんとなくだけど考えられるようになってきたので、話を聞いてほしいなと……」

線路沿いをゆっくりと歩きながら、健一は駐車場の係員になってから出会った人たちのことを話した。自分の作品が彼らの人生に少なからず影響を与えていて、恐ろしく感じたこと。だが、いい方向へ影響を与えることもあるのだと知って、救われた気持ちになったこと。

「作者なんて関係ないって言われました。読んだ人がなにを感じるかはその人次第だって。書いた人がなにを考えていたかなんて、どうでもいいんだそうですよ」

改めて思い返すとなんと痛快な言葉だろう。思わず笑いがこみあげると、電話口の磯部もつられて笑っていた。

「俺、もうしばらくここにいようと思います。このままここで暮らすのか、東京に戻るのか……まだ、決められないけれど。でも、ここにいたら……また書けるような気がするんです。ほんと……いつになるかわからないんですけど」

真とは比べ物にならない、情けない健一の決意表明を、磯部は『それでいいんですよ』と柔らかく受け止めてくれた。

通話を切った健一は、視線を線路から左側へと移す。少し遠くに見える商店街には、今日もちらほらと人が行き来していた。

スマホをズボンのポケットにしまって大きく伸びをすると、健一は商店街へと歩き出した。風が冷たさを増してきて、ジャケットのポケットに両手を突っこむ。今夜は冷え込みそうだ。

時刻は二時四十五分。今日は三時からのシフトだ。

駐車場で働き始めて半年と少し。短い期間のはずなのに、たくさんの出会いがあった。これからもきっと、様々な出会いがあるのだろう。驚くことや、理不尽なこともあると思う。

それでもきっと、健一はあの時のように折れることはないだろう。自分の周りには、自分を慮《おもんぱか》ってくれる優しい人たちがいるのだと知ったから。

たとえまだ、立ち直ったとは言えなくとも、健一は、今日を生きていく。

太陽が地平線の向こうに隠れ、光の余韻《よいん》だけが残る夕方。

カフェレスト岬《みさき》に、晴人がやってきた。健一を探しているのか、きょろきょろと店内を見渡して、カウンターへ歩く。健一の定位置である端の席の隣に腰掛けた。

「あらいらっしゃい、晴くん、健一に用？　ごめんなぁ、まだ帰っとらへんのよ」

カウンター奥のバックヤードから花江が顔を出し、晴人だと気づくなり申し訳なさそうに眉《まゆ》を下げた。

「あぁ、別に急ぎの用とかやなくて、瓦版について相談があっただけなんです。このまま待たせてもらいますね」

晴人はそう言って、メニューが書いてある冊子《さつし》を開く。

「そう？　ほんなら、コーヒーごちそうするわ。三國さん、お願いできるかしら」

そう言いながら、花江はエプロンをはずした。

「……どこかへ行くんですか？」

「そうなんよ。ちょっとお金おろしにな。私ったら、代金引き換えで荷物が届くん忘れとって。あと一時間ぐらいで届くんよ！」

説明しながらカウンターから出てきた花江は、そのまま小走りで店を出ていってしまった。

残されたのは、晴人と三國のみ。今日は珍しく、カフェレスト岬にはほかの客がいなかった。静まり返る店内に、店内BGMとして流れるピアノの音色と、サイフォンの中で水が沸騰《ふっとう》するふつふつという音だけが響いた。

「お待たせしました。なにか食べますか?」

カウンターに、三國がコーヒーカップを置く。メニュー冊子を見つめていた晴人は、冊子を両手でもてあそびながら、顔を上げて言った。

「今日な、ある裁判の判決が出たんよ。ストーカー殺人なんやけどな、小説を読んで背中を押されたとか、責任転嫁《てんか》も甚《はなは》だしいことを供述しとるやつでな。反省の色が見えへんってんで、懲役《ちょうえき》二十年やって」

突然の話題に、しかし三國は戸惑うでもなく、変わらぬ笑みをたたえたまま、晴人を見つめている。そんな彼女を、ほんの一瞬、観察するように見つめてから、晴人は話をつづけた。

「被害者にはな、婚約者がおったんやって。なぁ、三國さん。今回の判決で、その婚約者は救われたと思う?」

なにかを試すように、晴人は三國を見つめる。三國はその視線を真っ向から受け止めて、艶《あで》やかに笑みを深め、言った。

「救われるはず、ありませんよ。きっと一生、許すことなんてできないでしょうね」

「………ふぅん、やっぱそうなんや」

「大切な人を自分勝手な考えで奪っておいて、どうして許せるんでしょう。しかも、小説なんてものに責任転嫁するんですよ。一生牢屋《ろうや》の中にいてほしいと思っているんじゃないでしょうか」

狂気すら感じる笑みを浮かべてそうまくし立てた三國だが、心を落ち着かせるように、ほっと息を吐いた。

「……でも、その婚約者さんも、少しは心の整理ができるようになっているんじゃないでしょうか。自分と同じように苦しんでいる人がいるって……救われるんですよ。不健全かもしれませんが」

「それって、三國さんの実体験？」

「そうですね。篠山さんが話す事件とはまったく関係ないですが、実体験です。私は伊勢に来て、柳道商店街で、カフェレスト岬で暮らすようになって、人の温かさにたくさん触れることができました。そうやって少しずつですが、前を向けるようになりました。その婚約者さんも、どれだけ時間をかけてもいいから、少しずつ前を向いてくれたらと、思います」

先ほどまでの妖艶《ようえん》さのない、晴人の知る三國らしい、穏やかな笑顔で言い切る。それを見た晴人は、ほっと肩の力をぬいて、安堵《あんど》の笑みを浮かべた。

「…………思うんですが、篠山さんは健一さんに対して過保護すぎませんか」

「過保護なくらいでええんやって。あいつすぐ無理して倒れるんやから」

「あぁ、まぁ……そうですね」

こらえきれずに噴き出す三國につられて、晴人も声を上げて笑う。先ほどまでの緊張感が嘘のように、穏やかな空気に包まれた店内で、晴人が改めてメニューを見つめた。

「まだまだ健一帰ってこなさそうやし、チョコレートパフェでも貰《もら》おかな」

メニュー表に載っている、昭和感たっぷりなチョコレートパフェの写真を指差し、晴人が注文する。

三國は「かしこまりました」と、朗《ほが》らかに微笑んだ。

※この作品はフィクションです。実在の人物・団体・事件などにはいっさい関係ありません。

集英社オレンジ文庫をお買い上げいただき、ありがとうございます。
ご意見・ご感想をお待ちしております。

● あて先
〒101-8050　東京都千代田区一ツ橋2-5-10
集英社オレンジ文庫編集部 気付
秋杜フユ先生

ようこそ伊勢やなぎみち商店街へ
瓦版とあおさのみそ汁

集英社
オレンジ文庫

2024年10月22日　第1刷発行

著　者　秋杜フユ
発行者　今井孝昭
発行所　株式会社集英社
〒101-8050東京都千代田区一ツ橋2-5-10
電話【編集部】03-3230-6352
【読者係】03-3230-6080
【販売部】03-3230-6393（書店専用）
印刷所　大日本印刷株式会社

ISBN 978-4-08-680584-1 C0193